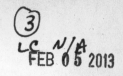

Psiquiatras, psicólogos y otros enfermos

ALFAGUARA

Psiquiatras, psicólogos y otros enfermos

Rodrigo Muñoz Avia

PSIQUIATRAS, PSICÓLOGOS Y OTROS ENFERMOS
D.R. © 2006, Rodrigo Muñoz Avia, 2005

De esta edición:
D.R.© Santillana Ediciones Generales, S. A. de C. V., 2006
Av. Universidad, 767, Col. del Valle,
México, D. F. C. P. 03100
Tels: 55604-9209 y 5420-7530
www.alfaguara.com

- Distribuidora y Editora Aguilar, Altea,Taurus, Alfaguara, S.A.
  Calle 80 No. 10-23. Santafé de Bogotá-Colombia.
- Santillana S.A.
  Torrelaguna 60-28043. Madrid.
- Santillana S.A., Avda. San Felipe 731, Lima.
- Editorial Santillana S.A.
  Av. Rómulo Gallegos, Edif. Zulia 1er. piso.
  Boleita Nte. Caracas 1071. Venezuela.
- Editorial Santillana Inc.
  P.O. Box 5462, Hato Rey, Puerto Rico, 00919.
- Santillana Publishing Company Inc.
  2105 N.W. 86th Avenue Miami, Fl., 33122, E.U.A.
- Ediciones Santillana S.A.(ROU).
  Javier de Viana 2350, Montevideo 11200. Uruguay.
- Aguilar, Altea, Taurus, Alfaguara, S.A.
  Beazley 3860, 1437. Buenos Aires.
- Aguilar Chilena de Ediciones Ltda.
  Dr. Aníbal Aristía 1444, Providencia Santiago de Chile.
  Tel: 600 731 10 03.
- Santillana de Costa Rica, S.A. La Uruca, 100m Oeste de
  Migración y Extranjería, San José, Costa Rica.

Primera edición: enero de 2006
Primera reimpresión: mayo de 2006

ISBN: 970-770-269-9

D.R.©Proyecto de: Enric Satué

D.R.© Cubierta: Crearte

Impreso en México.

Para Mónica

1.

Hola. Me llamo Rodrigo. Rodrigo Montalvo Letellier. Antes de ir al psiquiatra yo era una persona feliz. Ahora soy disléxico, obsesivo, depresivo y tengo diemo a la muerte, o sea, miedo. En el psiquiatra he aprendido que la palabra felicidad es una convención que carece de sentido. He aprendido que el hecho de volver a ser feliz algún día no sólo es imposible, sino completamente imposible. Ahora me pregunto más cosas de las que me gustaría: sobre la muerte y sobre la vida.

Vivo en un chalet adosado de la urbanización Parque Conde de Orgaz, cerca de la calle Arturo Soria, en Madrid. Estoy casado. Mi mujer se llama Patricia, pero todos la llamamos Pati. Tengo dos hijos, Marcos y Belén. Marcos tiene diez años y Belén seis. Por las noches, cuando Pati está ya metida en la cama esperándome, y mis hijos llevan más de dos horas durmiendo, me gusta salir al jardín y orinar en algún árbol o parterre. Por lo general, cuando esto ocurre, el gato de mis hijos, que, aparte de ser un animal esquizofrénico, conserva todavía algunos instintos, orina exactamente en el mismo lugar donde yo acabo de hacerlo.

El gato de mis hijos es un gato persa himalayo de un tamaño descomunal, y su principal peculiaridad es que en vez de maullar, ladra. Esto lo digo completamente en serio, aunque nadie me cree nunca. Ese gato, a diario, cuando llego a casa para comer y abro la puerta del garaje con el mando a distancia, me dirige su mirada cruzada desde lo alto de su columna (una de las columnas de ladrillos que delimitan la cancela exterior) y emite unas extrañas ventosidades con la boca, sonidos guturales muy secos y cortos, que si no fuera porque provienen de un gato, nadie dudaría en denominar ladridos.

El gato de mis hijos, o perro, o lo que sea, se llama Arnold, supongo que porque mis hijos pensaron que se parecía a su ídolo Arnold Szenchwaseger... o Schwasnezeger... o Schnegerwasze... bueno, no lo sé; hay nombres imposibles, sobre todo para un disléxico como yo. Arnold tiene el morro aplastado, como si hubiera tenido un choque frontal con otro gato de la misma zarra, y cuando te mira parece que no te está mirando, como si su ojo izquierdo sólo pudiera mirar a su ojo derecho y su ojo derecho sólo pudiera mirar a su ojo izquierdo, y sólo sus dientes, asomando como piedras incrustadas en su morro aplastado, estuvieran atentos a cada uno de tus movimientos.

Arnold me tiene manía. Cuando era sólo un cachorro de unas cuantas semanas se orinó encima de un grabado antiguo que me había regalado mi mujer y yo lo tiré a la piscina (al gato, no al grabado) de donde, sin apenas tocar el agua, salió rebotado hasta el borde, como si el agua y sus patas hubieran hecho un cortocircuito eléctrico. Desde entonces, Arnold me ladra cada vez que llego a casa, porque me considera un intruso indeseable en su territorio, y todas las noches, antes de que yo vuelva a entrar en casa, tiene buen cuidado de orinar allí donde yo lo he hecho, para que, a ser posible, no quede el menor rastro de mi existencia.

Una de mis aficiones favoritas es mi gran maqueta de tren, y una de las aficiones favoritas de Arnold es pasearse por encima de mi maqueta y dar toquecitos con la pata a los árboles y los semáforos y al tren que sale en ese momento de uno de los innumerables lútenes, o sea, túlenes. Ver a Arnold encima de la maqueta es como ver a un oso polar encima de la maqueta. Me saca de quicio, pero he aprendido que es mejor no perder los nervios y dejar que sea él mismo, el oso, quien escoja el momento de desaparecer.

Pati y yo tenemos dos coches, un todoterreno y un utilitario con el cambio automático. Yo sólo utilizo el coche para ir de casa al trabajo y del trabajo a casa. A Pati le pasa lo mismo, pero su caso es más grave, porque ella trabaja a trescientos metros de casa, en el centro comercial Arturo Soria Plaza. Ni a ella ni a mí nos gustan mucho los coches ni les prestamos mucha atención. Yo lo único que le pido a los coches es que funcionen, porque me parece lo normal, y cuando veo que alguno de sus accesorios falla me pongo muy nervioso y pienso en cosas que no me gustan.

Mi madre y mi hermana Nuria me dicen que para qué quiero un coche todoterreno si jamás voy al campo. Mi madre y mi hermana son sensatas por igual. Son como las dos orillas de un río separadas por un cauce arrollador de insensatez, o sea, yo, y también mi padre, que es todavía más insensato que yo. Yo les digo que no voy a ir al campo por el mero hecho de tener un coche todoterreno, sobre todo cuando ir al campo es una cosa que no me gusta nada en absoluto. La razón por la que tengo un coche todoterreno es mucho más sencilla: es el coche, entre todos los que vi, que más me gustó y que más me apetecía tener. Pensé que era un coche fiable, fuerte y seguro. No me gusta la velocidad. Me gusta conducir desde arriba y ver el techo de los demás coches. Yo tomo pastillas para los nervios (esas pastillas que los psiquiatras comenzaron a recetarme para acabar con los nervios que ellos mismos me producían), y prefiero pensar que si me quedo dormido y me estrello contra un muro, el coche va a ser lo suficientemente resistente para salvar mi diva, o sea, mi vida, que es lo que importa. Hay gente a la que le importa más el coche que su propia diva. A mí sólo hay una cosa que me importa más que mi propia vida: la vida de Pati, de Marcos, de Belén, de mis padres, de mi hermana Nuria y de otros cuantos familiares y amigos a los que quiero especialmente.

El único deporte que soporto, hasta el punto incluso de gustarme, es el (creo que se llama así) *ice packing*. El *ice packing* es un deporte tan absurdo que me hace gracia. No es muy conocido, al menos aquí en España, pero yo lo veo siempre en el canal Eurosport de la televisión por satélite. El *ice packing* es una mezcla de petanca y de bolos, pero sobre una superficie de hielo. La verdad es que aunque lo he visto muchas veces todavía no he llegado a entender bien las reglas. El caso es que las participantes arrojan, muy lentamente, una especie de plataforma con asa (como una gran tetera, pero sin pitorro) por la superficie de hielo, con el objetivo, creo, de conseguir que se detenga lo más cerca posible de un punto que hay pintado bajo el hielo. Para ello adoptan una postura muy ridícula parecida a la de los jugadores de bolos pero mucho más agachada, aunque una vez lanzada la tetera, y si ésta va demasiado despacio, la propia lanzadora y las otras dos componentes de su equipo se dedican a frotar el hielo por delante con una especie de escoba pulidora. Es ridículo, ya lo sé, pero tiene algo tan pausado y delicado que me gusta verlo. Es un deporte rarísimo, lleno de teteras y de escobas, y, curiosamente, practicado sólo por mujeres, tengo entendido.

Hace tres años que Pati decidió poner su propio negocio en el centro comercial Arturo Soria Plaza. Se trata de una tienda de marcos que comparte con otras dos socias, sus amigas Myriam y Carolina. Nunca he entendido cómo semejante tienda puede resultar rentable, pero al parecer lo es. Mi mujer trabaja sólo por las mañanas, pero muchas tardes, cuando estamos tranquilamente en casa, yo la oigo hablar por teléfono durante horas. Habla de los tipos de madera, los barnices, los colores, el ancho de los paspartús, los cristales, el pan de oro, el craquelado, el metacrilato, la ligereza del metacrilato, los descuentos, los clientes pesados, los clientes insoportables y los clientes literalmente asesinables. Por cierto, lo de que Pati tenga una tienda de marcos y nuestro hijo se llame Marcos es una coincidencia que sólo nuestro hijo tiene que padecer. Sus amigos le llaman «inglete», o «veinte por veinticinco».

Los monjes budistas, los eremitas, las personas capaces de dedicarse a la vida contemplativa consideran que la máxima pureza y la máxima profundidad se alcanzan con la máxima sencillez. Son personas desprendidas de todo lo material y sólo se necesitan a sí mismas, su interior, para alcanzar una vida plena. Por mi parte me hallo muy lejos de semejantes objetivos. Yo reconozco que necesito rellenar el espacio que me rodea con objetos de toda clase: microondas, agendas electrónicas, barbacoas y rascavidrios. Reconozco que me da pavor el espacio vacío y el tiempo desocupado. El trabajo es un invento magnífico que te rellena cinco de los siete días de la semana. Ocupar los dos días del fin de semana no es tarea fácil. Nada me inquieta más que el síndrome del parado o del jubilado. También me inquieta el síndrome de los muertos, solos en un espacio pequeño, alejados de sus personas y objetos queridos, desprendidos de todo como un budista. Entiendo más a los faraones, acompañados por siempre de sus alhajas, vasijas y enseres queridos.

Los fines de semana solemos pasarlos en casa. Yo tengo mi maqueta de tren y me gusta pasar el tiempo sentado al control de mandos y haciendo girar los trenes. Entre todos mis trenes el AVE es mi favorito, aunque desgraciadamente descarrila siempre que lo llevo a más de 12 voltios. También me entretengo construyendo nuevas casas e instalaciones, aunque como ya no me caben en la maqueta, me dedico a coleccionarlas sobre una estantería.

También nos gusta montar en bicicleta. Marcos, Belén y yo vamos al pinar que está cerca de casa y recorremos los caminos. Marcos protesta de que tengamos que esperar siempre a Belén, pero Belén todavía es muy pequeña y no puede ir más deprisa. Hace un par de meses Marcos y yo hicimos un sprint y nos distanciamos unos doscientos metros de Belén. Mientras la esperábamos y recuperábamos, al menos yo, el resuello, Marcos me preguntó el significado de la palabra «masturbarse». Quise saber dónde había oído esa palabra y me contó que su amigo Julio, paseando por el pinar con sus padres, había visto a un hombre masturbarse. Afortunadamente Belén llegó junto a nosotros antes de que yo pudiera responder a Marcos. Cuando le conté a Pati lo que había pasado, ella lo consideró lógico y normal, pero yo no pude considerar lógico y normal que Marcos me hiciera esa pregunta, ni que el exhibicionista de la urbanización siguiera masturbándose en el bosque, ni que el tiempo hubiera pasado tan deprisa desde que yo le preguntara a mi padre qué significaba «hacerse una paja» y mi padre me respondiera que él tampoco lo sabía y que habría que preguntárselo al médico.

La figura del exhibicionista del pinar es una de las más antiguas de nuestra urbanización, aunque tengo que reconocer que yo nunca lo he visto. A veces pienso que es uno de esos mitos que la gente se inventa, como la mano negra que salía de los retretes en mi colegio, pero lo cierto es que cada tres o cuatro meses se crea un gran escándalo en nuestra urbanización ante una presunta aparición del hombre de la gabardina. Dicen que la gabardina que lleva es de marca —no sé quién tiene tiempo para fijarse— y eso les hace pensar que el exhibicionista es del barrio. Así es la gente de mi urbanización: están convencidos de que sólo ellos en el mundo tienen dinero, o derecho a tenerlo, o derecho a comprar determinadas marcas. También dicen que el exhibicionista es en realidad un espíritu, el espíritu de don Luis Guijarro, empresario extremeño que, por lo visto, murió en el propio pinar en brazos de una prostituta. En fin, no lo sé. Yo, ante la duda, cuando tengo que comprarme una gabardina, procuro comprármela de las baratas, por si acaso.

Mi hijo Marcos tiene la personalidad de los guepardos. Es rápido, fuerte, astuto y competitivo, pero al mismo tiempo es frágil y sensible, necesita el apoyo de sus semejantes y las heridas le hacen más daño que a nadie. Marcos siempre está haciendo cosas (y espero que ningún psicólogo indague nunca en la razón profunda que le lleva a hacerlas): mata moscas, bebe agua, rompe vasos, sube las escaleras, las baja, coge la bici, pega cromos, tiene una idea, tiene dos ideas, tiene tres ideas, empieza una, empieza la otra, empieza las tres.

Belén, al contrario, posee la personalidad de los armadillos. Los armadillos son esos animales que viven en América del Sur y que tienen todo su cuerpo recubierto de un caparazón compuesto por diferentes placas articuladas. Es decir, son como topos, pero recubiertos con una armadura. Son lentos y poco sociables, pero invulnerables. Cuando advierten peligro se enrollan sobre sí mismos y se protegen bajo su caparazón. Tienen unas uñas muy fuertes que les sirven para buscar tubérculos, raíces e insectos con los que alimentarse. En definitiva, son poco espectaculares pero autosuficientes. Como Belén, pendiente sólo de sus cosas y de su mundo, e impermeable a cualquier agresión exterior.

Los documentales que más me gustan son los que comparan aspectos concretos del comportamiento en distintos animales. Por ejemplo: la reproducción de las ballenas, los elefantes, los hipopótamos y las personas. Un día le dije a un psiquiatra que mi hijo era como un guepardo y mi hija como un armadillo y me dijo que se trataba de comportamientos especulares, en espejo, y que cada uno se definía como reacción al otro. No lo sé. A mí ésa me parece una conclusión demasiado fácil. Los psiquiatras siempre tienen que encontrar una teoría que lo explique todo, como si en el mundo no pudieran ocurrir un montón de cosas por casualidad, porque sí. Yo prefiero pensar que Marcos es un guepardo y Belén un armadillo, y que nadie les ha dado la oportunidad de escoger.

De mi constitución física no voy a hablar demasiado. Mido 1,76, un centímetro menos que mi padre, y soy muy delgado, con las piernas y los brazos de alambre, como dice mi madre. Soy moreno, y todos los pelos que tengo los tengo donde deben estar, en la cabeza. Por el contrario apenas tengo vello en el resto del cuerpo. Tengo cejas, y pestañas, por supuesto, y si no me afeito pueden llegar a salirme unos cuantos pelos en la barbilla y en el bigote, pero nada más. Sinceramente creo que soy una persona afortunada en este aspecto. Los pelos que brotan en lugares poco oportunos producen en mí cierta desazón. Un trozo de piel desnudo, sin pelos, es hermoso. Un trozo de piel alfombrado de pelos me da dentera, lo mismo que un trozo de piel de melocotón le da dentera a mi mujer. Hace poco he oído que el pelo de los muertos sigue creciendo durante una temporada. La verdad es que es una cosa muy rara, pero, pensándolo bien, preferiría no hablar mucho de esto. Los muertos.

Los pelos de Arnold son blancos, cortos y lovátiles, y Marcos le hace tragar una vez a la semana una pomada para que no se le hagan bolas de pelos en el estómago. La naturaleza es tan poco sabia que, al parecer, un animal que pasa la mitad de su tiempo lamiéndose el cuerpo puede morir por culpa de la cantidad de pelos que traga. Menos mal que el hombre, que es mucho más sabio que la naturaleza, ha inventado esa pomada disolvente de pelos, una especie de desatascador para gatos. Cuando Arnold ve a Marcos con el tubo de pomada, corre a su encuentro y se le sube encima, porque el sabor de la pomada le gusta tanto que quiere chupar directamente del tubo, tal como hace Belén con el tubo de leche condensada. La leche condensada también debe de tener algo disolvente, porque a mi hija siempre le produce diarrea.

Trabajo en la empresa Germán Montalvo, que es una marca de ascensores bastante conocida y que vende en todo el país. Germán Montalvo es además el nombre de mi padre. Hace más de treinta y cinco años que mi padre creó la empresa y desde entonces su valor no ha hecho más que crecer. Hoy día tenemos más de trescientos empleados y diecisiete delegaciones repartidas por toda España. Antes de fundar su propia empresa, mi padre trabajaba en la multinacional del ascensor Schindler, pero un buen día, él y su amigo Jaime Dávila decidieron llevarse todos los conocimientos adquiridos en Schindler y crearon su propia empresa: Montalvo & Dávila. Siete años más tarde Dávila murió y mi padre compró su parte a la hija y los viudos, o sea, la viuda y los hijos. Entonces cambió el nombre de la empresa, porque ya era completamente suya.

Yo he trabajado en Germán Montalvo desde los veinticinco años. Empecé desde abajo: mi padre, como buen hombre de empresa, no quiso ponerme las cosas fáciles. Hoy ocupo un despacho casi tan grande como el de mi padre y pegado al suyo. Mi padre tiene ya setenta y cuatro años y aunque viene todos los días a la fábrica, la única misión que le queda es la de despachar un rato conmigo. Es lo que yo llamo «transmisión de poderes», un antiguo ritual basado en la idea de que, por el momento, él puede morir y yo no. Esta idea no está del todo justificada y a veces pienso que, al igual que hacen el Rey y el Príncipe de España, mi padre y yo deberíamos viajar siempre en coches separados, y de esta forma evitar que los dos muramos en el mismo accidente y todo aquello que sólo nosotros sabemos sobre la empresa se pierda irremediablemente.

Nuestra fábrica está en un polígono industrial de Coslada, cerca de la carretera de Barcelona. Hace tres años, inauguramos unas oficinas nuevas en el parque empresarial del Campo de las Naciones, junto a la M-40, más cerca todavía de casa, pero mi padre y yo seguimos conservando nuestro despacho en la fábrica, porque ése nos parece el auténtico centro neurálgico de la empresa, el lugar donde se hacen materialmente los ascensores, el lugar donde uno asiste diariamente al prodigio de la técnica y del trabajo en equipo. Esto no lo digo yo, lo dice mi padre, pero yo tengo que estar de acuerdo. Nosotros vendemos elevadores eléctricos e hidráulicos, montacargas y montacoches, plataformas elevadoras, puertas de garaje, escaleras mecánicas, elevadores panorámicos, salvaescaleras y montaplatos. Además de vender, tenemos nuestro propio servicio de instalación y reparación. Hoy en día mi trabajo consiste básicamente en supervisar. Es estupendo supervisar cuando no tienes a nadie que te supervisa. Aunque en realidad mi trabajo consiste en ser dueño, y eso no es tan fácil, porque ser dueño significa que puedes hacer lo que te da la gana pero que en realidad nunca lo haces. Yo faltaba más días al trabajo cuando empecé como ayudante de montaje que ahora que soy dueño. Tener libertad para hacer lo que te da la gana es una responsabilidad demasiado grande, y puede llegar a angustiarte bastante.

Mi padre es una persona un tanto especial y no me resulta muy fácil describirla. La gente dice que yo tengo un carácter parecido al suyo. Quien más me lo dice es mi madre, pero en su caso sólo ocurre cuando está enfadada conmigo y no encuentra un insulto peor que decirme: eres igualito que tu padre. No lo sé. Puede que yo tenga algo de la personalidad disparatada de mi padre, pero sinceramente creo que entre ambos todavía hay un abismo, entre otras cosas porque yo no tengo setenta y cuatro años y no he alcanzado todavía ese grado de senilidad necesaria para que la opinión de los demás te importe exactamente lo mismo que te importa un rábano. Últimamente mi padre ha decidido gastar la mayor parte de su tiempo en darse baños de sol y en acechar a su asistenta nueva en la cocina. Esto puede que lo haya hecho antes con otras asistentas, pero es que ahora no lo disimula ni lo más mínimo.

Nuestro chalet adosado sólo está adosado por un lado, el izquierdo según se entra, donde está el chalet de Nuria, mi hermana, que a su vez está adosado por el otro lado a la casa de mis padres. Esto no quiere decir que en mi familia estemos tan locos y nos queramos tanto que nos hayamos comprado tres chalets contiguos. Lo que quiere decir es que la casa de mis padres era muy grande y decidieron dividirla en tres para que, después de casarnos, pudiéramos vivir cerca de ellos, nosotros y nuestros hijos.

Ni en mi casa ni en la de Nuria hay ascensor, pero en la de mi padre sí. Lo ha habido toda la vida: un ascensor que recorre cuatro plantas, desde el garaje hasta el estudio abuhardillado del tejado, y cuya única función ha sido siempre la de servirnos a nosotros, Nuria y yo, y ahora también a Marcos y Belén, de excelente entretenimiento para pasar la tarde. Lo primero que hacen mis hijos cuando llegan a casa de mis padres es montarse en el ascensor y subir y bajar de un piso a otro y echar carreras a ver si son capaces de bajar más rápido por las escaleras. Mis padres, que no entienden que nosotros no hayamos puesto un ascensor en casa, y que siempre lo defienden como instrumento de primerísima necesidad, no lo utilizan nunca, porque curiosamente dicen que a su edad es bueno trabajar las piernas y subir las escaleras andando. Yo creo que en realidad les da miedo quedarse encerrados dentro, lo que pasa es que eso no se atreven a decirlo.

La ciudad favorita de mi padre es Nueva York. Creo que no hace falta que explique las razones por las que, aunque él las niegue, este fabricante de ascensores adora la ciudad de los rascacielos. Podéis imaginarlo en su paraíso particular, subido en cada uno de los ascensores de la ciudad, pulsando él mismo los botones de los pisos, observando el diseño futurista de las cabinas, disfrutando de unas velocidades para las que sus arcaicas concepciones del ascensorismo no están preparadas. Sinceramente creo que lo que más valora mi padre de los ascensores de Nueva York no es que sean muy rápidos o muy modernos: lo que más valora es que son muchos, muchísimos, tantos que ni cien empresas como la suya podrían dar servicio a semejante volumen de clientes.

Mi hermana Nuria es dos años más pequeña que yo y seguramente por no seguir el pésimo ejemplo que yo fui para ella, ha sido siempre muy buena estudiante. Todo el mundo dice que se parece mucho a mi madre. Las dos son muy delgadas, las dos son altas, las dos se tiñen el pelo de rubio y las dos han votado siempre a la derecha. La diferencia fundamental entre ellas es que Nuria es española y mi madre es francesa, y aunque lleve más de cuarenta años en España sigue considerando un error que las «erres» no se pronuncien como las «ges», y que las «uves» no se pronuncien como las «efes». Mi padre dice que en Francia mi madre nunca habría podido presumir de ser francesa, y que por eso se vino a España. Mi padre se mete mucho con mi madre pero no sabe vivir sin ella. Mi madre se mete mucho con mi padre, pero en realidad se ha desvivido siempre por él, y ha hecho todo por su felicidad.

Nuria es notario, o notaria, y está casada con Ernesto, que además de ser psiquiatra, siega el césped dos días a la semana, y camina durante una hora todos los días antes de cenar, y los fines de semana practica el bricolaje, y dice que, por mucho que yo me empeñe en lo contrario, ninguna de estas actividades está relacionada en su caso con el miedo a la muerte. A diferencia de mi madre, Nuria no se desvive demasiado por su marido. Es Ernesto quien se desvive por ella, entre otras cosas porque Nuria le saca una cabeza. Ernesto y Nuria no tienen hijos. Las razones las desconozco.

Lo único que tenemos en común Ernesto y yo es que los dos odiamos al gato Arnold, pero por aquello de que el gato es de mis hijos yo tiendo a protegerle y a veces hasta me ofendo cuando Ernesto se mete con él y protesta de que se haya comido sus claveles chinos. Cuando Ernesto poda la parte de su seto lindante con nuestro jardín, Arnold se sube al cerezo y le observa, y si a Ernesto se le ocurre corresponderle la mirada, entonces Arnold empieza a ladrarle, con ese estilo tan característico y tan único de Arnold, y que en estas ocasiones tanta gracia me produce.

Bien. No sé si he conseguido presentarme correctamente, pero al menos lo he intentado. Una parte de lo que yo soy me la debo a mí mismo; otra a mis padres y a mi hermana Nuria; otra a Pati y mis hijos, y otra a las cosas del mundo: la puerta del garaje contra la que me abrí la cabeza a los seis años, el tobogán desde el que resbalé a los ocho, o el borde de la piscina contra el que me partí la nariz a los trece. Ya está.

Por las noches me gusta por encima de cualquier otro el momento de meterme en la cama y cubrirme con la funda nórdica. Desde la paz y el calor de nuestra habitación oigo pasar el coche de la empresa de vigilancia que patrulla la urbanización toda la noche. Cada media hora aproximadamente, se acerca hasta nuestra habitación el sonido de ese Ford Fiesta cascado, parecido al de un taxi, y que antes de que te des cuenta ya está alejándose de nuevo, entre una interminable colección de chalets parecidos al nuestro. El sonido del coche de vigilancia es como una música arrulladora que nos permite dormir y que salvaguarda la paz de nuestras conciencias. Los esporádicos ladridos de Arnold, peleándose con otros gatos, nos recuerdan que en algo somos distintos de nuestros vecinos.

2.

Ya he dicho al principio que si en el mundo no existieran psiquiatras y psicólogos yo sería hoy una persona muy feliz. Lo malo es que en el mundo existen psiquiatras y psicólogos, y lo malo también, peor todavía, es que estos señores tienen tentáculos por todas partes y es muy difícil librarse de ellos. En mi caso no fue necesario que acudiera a ninguna consulta psiquiátrica para saberlo; en mi caso fue la propia ciencia de la psiquiatría, representada por mi cuñado Ernesto, la que, con notable soberbia y avidez, se metió en mi casa y dejó caer su terrible influjo sobre mi conciencia.

Todo empezó el día del sexto cumpleaños de Belén, un día feliz en la historia de mi hija, y un día menos feliz en mi propia historia. Belén hizo una fiesta en casa e invitó a varios amigos del colegio. Mi hija tiene una personalidad tan extraña que es difícil saber si disfrutó con su fiesta o no. Más que la protagonista de la fiesta, o que una integrante más de la diversión, parecía una observadora neutral, quizá una enviada de la ONU cuya misión, lejos de participar en la contienda, era evaluar los daños que ésta producía. Las carreras, gritos y agresividad sin control de sus amigos no parecían estar aún decodificados en el misterioso mundo interior de mi hija. Miraba atónita a sus amigos y, antes de poder obtener una conclusión, sus amigos estaban ya en otro sitio y ella se quedaba escrutando un escenario vacío. Ya he dicho que no sé si lo pasó bien. Lo que sí sé es que no lo pasó mal: fue la única, entre niños y niñas, que ni lloró ni protestó en toda la tarde, seguramente por no formar parte de la contienda. Los armadillos son así.

Al final de la tarde, cuando ya la mayoría de los niños se había ido, y los que quedaban jugaban tranquilamente en la consola del televisor, vinieron mis padres, mi hermana Nuria y mi marido Ernesto, o sea, el de mi hermana. Pati y yo estábamos recogiendo algunos globos y guirnaldas del suelo cuando sonaron los ladridos de Arnold y, un poco después, el timbre de fuera. Respondí en el telefonillo y salí a la calle a recibirlos, ya que la intensidad de los ladridos del gato me hizo temer la posibilidad de una agresión a Ernesto por su parte.

Salí y saludé a mis padres y después a Nuria y Ernesto. Creo que ya entonces me fijé en la chaqueta de lana que se había puesto Ernesto, que me pareció un poco fea. La colección de botones, gigantes, alineados unos encima de otros, y repletos de pelos arracimados, como secciones de rabo de ciervo, convertían aquella chaqueta en una especie de trofeo de caza. Su imagen perduró durante algunos segundos en mi cabeza y no escuché ninguno de los comentarios y preguntas que debieron de hacer los miembros de mi familia antes de entrar en casa. Sólo recuerdo los desgarrados ladridos de Arnold desde lo alto de su columna y mi creciente convencimiento de que, más allá de nuestras rencillas, Arnold y yo compartíamos muchos de nuestros puntos de vista. En el cielo, el sonido grave y reverberante de un avión que acababa de despegar en Barajas requirió nuestra atención, la del gato y la mía, y mi pensamiento se trasladó al interior del avión, la perspectiva vital de aquellos viajeros, un vuelo transoceánico de nueve horas, el ala del avión que se levanta al girar, el indicador de los cinturones de seguridad que se apaga, el rumor continuo de los motores mientras el avión sigue levantándose, y me alegré de estar en mi chalet celebrando el sexto cumpleaños de mi hija con mis padres, mi hermana y mi cuñado, que al parecer debían de haber entrado ya a casa sin esperarme.

Encontré a todos felicitando y entregando su regalo a Belén. Belén abría los envoltorios con extraordinaria delicadeza, cuidando de no estropear el papel con la cinta de celo. Una vez abiertos los dos regalos, mi hija mostró más afán por doblar y conservar los envoltorios que por disfrutar de aquellos regalos (una plancha de juguete y un xilófono de juguete) que no acababa de asimilar. De los dos regalos uno era sexista y el otro no. El sexista era de mis padres; el musical-educativo, del psiquiatra y su mujer. Belén se fue con todo, lo colocó ordenadamente junto a los otros regalos, y siguió observando cómo Marcos y otros dos niños jugaban a los videojuegos.

Los mayores nos fuimos sentando en los sofás de la otra parte del salón, donde Pati y yo habíamos sacado bebidas y multitud de sándwiches y mediasnoches. Antes de sentarse, Ernesto se puso a observar, como siempre que venía a casa, los escasos libros que teníamos en las estanterías. Sacaba alguno, lo volvía a meter, sacaba otro, lo hojeaba y esperaba entonces un momento de silencio a su alrededor para repetir la misma gracia de siempre. Dos segundos antes de que lo dijera traté de imaginar cuáles serían exactamente sus palabras: «Éste no lo habéis leído, ¿eh?, está nuevecito».

—No diréis que éste lo habéis leído, ¿eh?, está nuevecito —dijo en ese momento Ernesto.

Pati y yo sonreímos al psiquiatra con una mezcla de cortesía y caridad y a continuación nos miramos. La manera en que ambos colocamos nuestras pupilas en las del otro, y la manera en que nuestras sonrisas se desdibujaron como un helado que se derrite, significaba que más allá de lo que ocurriera en el mundo, más allá de la inevitable estupidez que asolaba el universo, ella y yo hablaríamos siempre el mismo lenguaje, y nos tendríamos el uno al otro.

Ernesto continuó observando algunos libros y yo decidí hacer un viaje a la cocina antes de sentarme. En la cocina abrí y cerré el grifo un par de veces para disimular. Cuando volví al salón Ernesto no se había sentado todavía, así que tuve que hacer otro viaje a la cocina, donde, en lugar del grifo, fue la nevera lo que abrí y cerré azarosamente. Cuando intuí que Ernesto se había sentado ya, salí y me senté lo más lejos posible de él. Ese hombre, con la raya en el pelo tan perfecta, con su chaqueta de botones incalificables, y con esos comentarios tan desagradables, conseguía sacarme de quicio, y preferí estar lo más lejos posible de su campo de acción.

Pati contó cómo había transcurrido la fiesta infantil y los demás repartieron su atención entre los sándwiches y sus palabras. El psiquiatra se comió tres mediasnoches de espárragos y yo me acerqué a girar la fuente para que los demás también pudieran probarlas. Mi padre comenzó con una de sus disertaciones sobre el mundo del ascensorismo; mejor dicho, comenzó con su disertación de siempre:

—Hoy en día la palabra ascensor no es del todo correcta, porque en los ascensores actuales tan importante es la labor de ascenso como la de descenso, y en realidad deberían llamarse cabinas de transporte vertical entre diversas alturas.

Al rato mi hija Belén apareció con la tarta que habíamos reservado para los mayores. Ernesto se mostró colaborador y fue partiendo la tarta y sirviéndola en los platos para que Belén los repartiera, pero Belén, lejos de realizar su trabajo, se quedó absorta contemplando cómo el psiquiatra introducía el cuchillo en el bizcocho, separaba el trozo cortado un par de centímetros, deslizaba el cuchillo por debajo y ayudándose con el dedo lo transportaba rápidamente hacia el plato sobre la mesa. Los psiquiatras son meticulosos y perfeccionistas. Los armadillos, observadores.

Marcos y los dos amigos que quedaban vinieron corriendo y dijeron que también querían comer de esta tarta. Aprovecharon que Ernesto estaba de rodillas cortando la tarta para quitarle su sitio, y aunque Pati les increpó por su comportamiento, Ernesto le quitó importancia y rogó que les dejara allí. Belén, que cumplió su cometido sólo a medias, me trajo mi trozo de tarta y volvió a sentarse sobre mis rodillas para comernos el dulce entre los dos. Fue el psiquiatra quien se encargó de distribuir los demás trozos, y cuando lo hizo, con la mayor naturalidad, y a falta de otro sitio más incómodo, el hombre decidió sentarse sobre el brazo de mi sillón, como si un profundo sentimiento fraternal nos uniera a los dos desde nuestra más tierna infancia. Por un momento imaginé lo que podría haber llegado a suceder si mi hija no hubiera estado conmigo: imaginé que el psiquiatra se sentaba sobre mis rodillas y que con toda familiaridad cruzaba una pierna sobre otra, empezaba a comer su tarta, y me dejaba a mí abandonado a la observación de su espalda huesuda.

No creo que Ernesto sea una mala persona ni que sea poco inteligente. Pero tiene el don de la inoportunidad, esa patosería que le lleva a pronunciar siempre la frase que nadie quiere oír, o a moverse a tu alrededor como un moscardón, o a darte una palmada cariñosa precisamente en el lugar donde te acabas de hacer una herida. A mí, y creo que no soy el único, Ernesto me pone nervioso con extrema facilidad. Cuando se sentó sobre el brazo de mi sillón tuve ganas de levantarme repentinamente para que el sillón se desequilibrara y el psiquiatra se diera de bruces en el suelo con todos sus conocimientos. Pero no lo hice. Muy al contrario, sonreí con falsa cortesía. Belén, que por su edad es mucho más libre de obrar a su antojo, se levantó de inmediato y acudió a las piernas de Patricia. Sin la protección que me daba el caparazón de mi hija me sentí mucho más desamparado. La fila de botones sobre la chaqueta de Ernesto estaba ahora a poca distancia de mi cara. Aquellos cepellones llenos de pelo, aquellas brochas de cerdas duras como alfileres, aquel dobladillo de lana salpicado con rabos de conejo ondulantes, tenían el extraño atractivo de los objetos incatalogables, y yo era incapaz de retirar la vista de ellos.

El comentario de mi padre, pidiéndole a Ernesto que intercambiaran el trozo de tarta, pues el de Ernesto tenía más chocolate solidificado, consiguió distraerme. Ernesto no pareció tomarse a mal la desfachatez de mi padre, a la que por otra parte ya estábamos todos muy acostumbrados, y le dio su trozo. Por mi parte, traté de abstraerme de todo mi entorno y me centré simplemente en el trozo de tarta de chocolate que tenía delante. Con la cucharilla ataqué una esquina y me la llevé a la boca. Paladeé la crema, el bizcocho, y entonces sentí en la lengua el desagradable cosquilleo de un pelo, una caricia tan curvilínea y endeble como irritante. No hay cosa que me repela más. Traté de localizar disimuladamente el pelo con los dedos, pero no acerté: el pelo cada vez me hacía más cosquillas en la lengua y mis movimientos eran menos sutiles.

—¿Qué pasa? —preguntó Pati extrañada.

—Un pelo —dije, con la mano en la boca.

—Si tiene caspa no es mío —dijo Ernesto, que tiene toda la gracia que puede tener un psiquiatra.

Su comentario me hizo sufrir arcadas, pero en lugar de devolver, me puse de pie y dije a mi hijo:

—Marcos, levantad de ahí, dejad ese sitio a botones...

Oí que Pati soltaba una carcajada y Nuria decía: «¿Qué?».

—Este... a Ernesto, quería decir —rectifiqué—. Venga, haced el favor de levantar de ahí.

—Has dicho botones —dijo Marcos.

—¿Quién es botones? —preguntó Belén.

—Nadie, se ha equivocado —medió Pati.

—Rodrigo, ¿estás bien?, ¿qué te pasa? —dijo mi madre.

—Botones —dijo mi padre pensando en alto—, ¿sabéis por qué los mozos de las maletas de los hoteles se llaman botones?

—Ay, papá, por favor, lo contaste tres veces ayer —dijo Nuria.

—Estás raro hoy, Rodrigo —insistió mi madre—, estás como ido.

—Estás un poco pálido, ¿estás bien, cariño? —dijo Pati.

—Pero que estoy bien, no me agobiéis —dije.

—Tendrá el periodo —dijo Ernesto, cogiéndome por el hombro.

Al oír la palabra periodo uno de los amigos de Marcos le dio un codazo a mi hijo y se rió.

—¿Qué es el periodo, mamá? —dijo Belén.

Ernesto seguía con el brazo sobre mi hombro.

—Diego —dijo Pati al amigo de Marcos que no paraba de dar codazos—, haz el favor de estarte quieto. Venga, id a jugar a otro lado.

—Pero si ha sido Veinte —dijo el chico.

—¿Quién es Veinte? —preguntó mi madre.

El brazo de Ernesto era como el cadáver de una anaconda sobre mi espalda.

—Veinte por veinticinco —dijo Belén.

—Es Marquitos —dijo el otro amigo—, mide veinte por veinticinco, ¿lo desea con cristal o con metacrilato?

—¡Bueno, vale ya, id ahora mismo a jugar! —dijo Pati enfadada.

Los dos amigos de Marcos se levantaron, pero Marcos, muy risueño, encantado de que todos le miráramos, siguió sentado en medio del sillón como un rey. El brazo de Ernesto me producía sudores fríos.

—Venga, Veinte —dijo Diego, el amigo de Marcos.

—Ahora voy —dijo mi hijo, sin inmutarse, estático, consiguiendo sacarme de mis casillas.

—¡¡Veinte!!, ¡¿no has oído a tu madre?!, ¡¿a qué esperas?! —grité de pronto, realmente furioso, fuera de mí—. Y tú, quítame esa mano de encima que me estoy poniendo malo —aparté con un aspaviento el brazo de Ernesto, arrojé mi plato con tarta sobre la mesa y me acerqué al sillón de Marcos—. Déjame este sitio ahora mismo, vale ya. Y se ha terminado para siempre lo de llamarte Veinte, ¡qué tontería!

Marcos se levantó y los tres amigos se fueron asustados. Belén me miraba con la boca abierta. No conseguía averiguar si lo que me pasaba era motivo de alegría o de tristeza. Me senté en el sillón y todos comenzaron a bombardearme de nuevo.

—Pero, cariño, tampoco es para...

—Rodrigo, debes descansar.

—Primero tendrá que tranquilizarse, vaya tarde que lleva —ésta era Nuria.

—¿Quieres unos días de descanso, Rodrigo? —dijo mi padre.

—Pero si...

—Dile algo, cariño —dijo Nuria a Ernesto—, ¿no le notas nada raro?

—Noto que le estáis atosigando —dijo Ernesto, que sin predicar con el ejemplo se acercó de nuevo a donde yo estaba, se quedó de pie a mi lado y carraspeó—. ¿Por qué has dicho eso, Rodrigo? Has dicho «botones» cuando en realidad querías decir mi nombre.

El psiquiatra me miraba fijamente.

—¿Por qué has dicho «botones», Rodrigo?

Dirigí mi mirada hacia la chaqueta de Ernesto y su colección de extraños redondeles como galletas llenas de pelos, como si la respuesta a la pregunta de Ernesto fuera evidente.

—Pero responde, Rodrigo.

—Porque... porque... No sé... Estoy un poco mareado.

—¿No te habrá sentado algo mal? —dijo mi madre.

—¿Abrimos un poco la ventana para que entre el aire? —dijo Pati.

—Pero que estoy perfectamente, hombre, no sé qué mosca os ha picado —dije, y me cambié de nuevo de sitio para alejarme del pesado de Ernesto.

—Las palabras no surgen por casualidad, siempre hay una razón, oculta o no, que nos hace pronunciarlas —el psiquiatra paseaba ahora por delante de la biblioteca, como si estuviera dando una clase magistral.

—Déjame en paz, me encuentro fatal.

—En qué quedamos, ¿estás perfectamente o te encuentras fatal? —dijo Nuria.

—A ver —Ernesto amenazaba de nuevo—, voy a tomarte el pulso.

Me cogió de la muñeca.

—Tranquilo, tranquilo, estás sudando, relájate, respira despacio y profundo, así, uno, dos, uno, dos.

La nariz afilada del psiquiatra se encontraba a escasos centímetros de mi cara. Sus dientes estaban manchados de chocolate y su voz pastosa no me daba ni un segundo de respiro.

—¿Has estado nervioso últimamente? ¿Preocupado? ¿Has tenido miedo o vértigos o sudoraciones parecidas a la de ahora? A veces los ataques de pánico surgen sin que haya habido síntomas aparentes.

—No, no, no, para nada.

Ernesto cogió una revista de la parte de abajo de la mesa y empezó a abanicarme. Subía y bajaba la revista lentamente, describiendo un largo recorrido, de la forma más ostentosa que encontró.

—No es necesario, Ernesto, de verdad, ya estoy mejor.

—Dale aire, dale aire, le vendrá bien —dijo mi madre.

—Pero si...

—¿Qué le pasa, mamá? —dijo Belén.

—Nada, bonita, que se ha mareado un poco.

Ernesto seguía haciendo reverencias a Alá con la revista. El aire, demasiado intenso, congelaba las gotas de sudor sobre mi frente. El ritmo machacón que había impuesto Ernesto a sus movimientos era el ritmo de una tortura, de un péndulo que siempre vuelve. Preferí decir algo, lo que fuera, antes que seguir aguantando la presión a la que me estaba sometiendo este hombre. Intenté que mis palabras se adaptaran al ritmo de sus movimientos:

—Verás, Ernesto —la revista estaba arriba—. Cómo te diría yo, es esa... —la revista estaba abajo—... es esa chaqueta —la revista, arriba, bajaba de nuevo, sin apenas detenerse—. ¡Joder, ¿puedes parar un momento?!

Ernesto detuvo sus movimientos y me miró un poco asustado por mi reacción. El silencio que nos rodeaba estaba hecho para que yo lo rellenara con mis palabras.

—Chico, pienso que pueden ser esos botones que llevas ahí puestos en la chaqueta, vamos, de hecho es la única explicación que encuentro para mi malestar.

El psiquiatra sonrió triunfante y asintió ostensiblemente con la cabeza. Yo creo que en realidad no sabía cuál era la actitud que debía adoptar a continuación y por eso movía tanto la cabeza. Temí que pudiera tomarse a mal mi comentario, es un defecto que tengo. Por eso, en lugar de decirle la verdad (que no eran sólo sus botones, sino él, en la integridad de su persona, quien me sacaba de quicio) le dije con voz temblorosa:

—No son sólo tus botones, eh, en realidad me pasa con todos los botones.

—Típico de él —dijo mi hermana Nuria—, tira la piedra y luego esconde...

—Nuria, por favor —dijo Ernesto, que a continuación tragó saliva y volvió a pasear por delante de la biblioteca—. O sea, que te molestan los botones, Rodrigo.

—Sí, no sé, en cuanto veo un botón...

—Lo siento, de verdad, no tenía ni idea de que tuvieras este problema —el psiquiatra, muy afligido, se quitó su peculiar chaqueta y se la extendió a Pati—. ¿Podríais llevárosla un momento de aquí?

Pati se llevó la chaqueta a un armario, y su labor, tan poco grata, tan altruista, me recordó a la de esas personas que trabajan recogiendo animales muertos en la carretera.

—¿Qué son esas cosas que tiene la chaqueta, mamá? —dijo Belén.

—Son botones, hija, son botones.

—Se trata de una fobia, Rodrigo —dijo el psiquiatra paseando—, supongo que lo sabes. Este tipo de aversiones irracionales son más frecuentes de lo que te piensas, pero son fáciles de curar. Debes acudir a un especialista.

—Bueno, bueno, lo haré —respondí, ahora mucho más liberado de la presión a la que me había visto sometido.

—Yo puedo recibirte en mi consulta y orientarte un poco, aunque tampoco soy especialista en esto.

—Ah, estupendo, muchísimas gracias, me encantará ir a verte, pero creo que no debes molestarte —dije falsamente.

—No, no es molestia. El problema de esta clase de neurosis es que pueden ir a más y teñir otros ámbitos de tu vida cotidiana.

—Pero no es grave, verdad —dijo Pati.

—No, pero si no pones fin a esto, Rodrigo, tu conducta puede verse cada vez más limitada. Las fobias tienen un gran poder asociativo y lo que hoy son sólo botones, mañana pueden ser objetos de muy diversa índole. No es grave pero sí es serio.

—De todas formas, tampoco me repelen demasiado los botones, es sólo a veces —éste fue un intento vano y demasiado tardío de poner ciertas cosas en su sitio.

—No tienes que temer nada, Rodrigo, ni negar nada que sientas.

—Claro, hijo, si Ernesto sólo va a ayudarte —dijo mi madre.

—Vale, vale, lo decía sólo por si no es necesario...

El timbre de la calle y los ladridos de Arnold interrumpieron mis palabras. Por un momento pensé que era yo el que había fabricado esos sonidos, que era ésa la expresión literal de mi estado de ánimo, un grito desgarrador dirigido a Ernesto y a todos los demás y que contenía toda la verdad que no me había atrevido a proferir con palabras más normales. Pati se puso de pie.

—Voy, serán los padres de Diego o Javier —dijo. Los tres chicos bajaron corriendo las escaleras y se adelantaron.

—Bueno —dijo Nuria—, nosotros también nos vamos a ir.

—Sí —dijo mi madre, y todos se pusieron de pie. En menos de un minuto mis familiares se fueron, y yo me quedé sentado en el sillón, al fin liberado, aunque mareado, y con el eco de las últimas palabras de Ernesto todavía zumbando como insectos en mis oídos: «Rodrigo, ya sabes dónde estoy». Pati y Marcos despidieron fuera a los invitados, pero Belén se quedó conmigo, sentada en el sofá de enfrente, observándome. Ella no podía sospechar la mezcolanza de sensaciones que me aturdían. Por una parte tenía ganas de salir corriendo a la calle y de una vez por todas decirle a Ernesto cuatro o cinco cosas bien dichas. Por otra parte, empezaba a tener ya, y no habían pasado ni treinta segundos desde la marcha de Ernesto, ciertos remordimientos por mi actitud, quizá desmesurada, quizá infantil, quizá impaciente e intolerante con quien era, después de todo, mi cuñado. Esto es algo que me ocurre con bastante frecuencia, la verdad. Hasta las personas más insoportables tienden a darme pena cuando no las tengo delante. Vamos, que un poco más y salgo a la calle a darle un abrazo a Ernesto.

—Papá —dijo entonces mi hija—, jugamos a que tú eres Ernesto y yo voy a tu *cosuta*.

—Consulta, hija, se dice consulta —dije sonriendo, y me levanté para darle un beso enorme en la frente—. Otro día jugamos, ahora hay que ponerse el pijama y lavarse los dientes.

Esa noche, mientras orinaba en el parterre del jardín, tuve tiempo de pensar en lo que había ocurrido. Entre las hojas carnosas del albaricoquero se averiguaban las formas de la casa de Nuria y Ernesto. La luz azulada del televisor, en el piso de abajo, parpadeaba. Supuse que era Ernesto quien veía la televisión, él solo, descalzo, hurgándose con las manos entre los dedos de los pies. En ese momento sentí, de nuevo, algo parecido a la compasión. El pobre psiquiatra vivía con la permanente obsesión de demostrarle al mundo que él era alguien, pero esa noche, en su cama, con su mujer notario dormida a su lado, no tendría más consuelo que el agrio olor de sus pies impregnado en los dedos de la mano.

A media noche me desperté en medio de una pesadilla. Arnold venía a mi cama y me chupaba los pies y de repente yo descubría que todo su pelo estaba cubierto de horrorosos y gigantes botones que le habían sido directamente cosidos a la piel. Perseguí a Arnold por el jardín y los dos aparecimos en el sótano de Ernesto, que al parecer era su consulta, una especie de laboratorio del doctor Frankenstein donde Ernesto pretendía hacerme las mismas fechorías que ya le había hecho al pobre gato. Ernesto me perseguía con un botón y una aguja enormes cuando me desperté sudando.

En el estado de duermevela que vino después, una idea me rondó la cabeza: que todo lo que había pasado la tarde anterior con Ernesto no había sido sino una sutil y sibilina estrategia del psiquiatra para hacerme caer en sus garras. Llegué a pensar que incluso la elección de la chaqueta que vestía respondía a un plan fríamente premeditado, pero a la mañana siguiente, cuando la habitación se inundó de luz y el pensamiento tuvo más cosas a las que agarrarse, descarté, por absurdas, semejante colección de ocurrencias.

3.

Saber a qué se dedican los psiquiatras es tan difícil como saber a qué se dedican los psicólogos. Antes de ir a la consulta de mi cuñado Ernesto, yo sólo tenía una noción muy vaga de cuál era la función de la psiquiatría. Después de ir a su consulta y a otras diez o doce consultas más de psiquiatras y psicólogos ya ni siquiera tengo esa vaga noción. He llegado a la conclusión de que a ciencia cierta nadie sabe lo que es la psiquiatría o la psicología, ni tampoco lo que las diferencia, y que la principal ocupación de psiquiatras y psicólogos es tratar de averiguar quiénes son ellos y a qué se dedican. Es como si mi padre y yo, en lugar de preocuparnos de vender ascensores y de mejorar nuestros productos y servicios, dedicáramos la mitad del tiempo a disertar sobre nuestra función en la sociedad y sobre la historia del ascensorismo en Occidente. Bueno, en realidad eso es lo que hace mi padre.

Yo nunca le he preguntado a ningún psiquiatra o psicólogo —Dios me libre de semejante atrevimiento— en qué consistía su trabajo, por supuesto. Pero son ellos los que sistemáticamente se empeñan en explicarme cuál es su función, cuáles sus obligaciones, cuáles sus retos en la construcción de un hombre mejor en el siglo XXI. Es increíble. Entras a la consulta y antes de preguntarte qué tal estás o cómo te va, ya te están diciendo cosas como: «Un psicólogo no es nadie importante, sólo ese amigo con el que nos atrevemos a hablar». Pero cuando ya llevas un rato con ellos también pueden decirte cosas como: «Mire, mi función como psicólogo no es la de decirle a usted todo lo que quiere oír»; o: «Se equivoca usted si piensa que yo sólo estoy aquí para firmarle las recetas».

Yo creo que en el fondo estas personas tienen un problema de identidad y que todas ellas requerirían un tratamiento psicológico, si acaso lograran ponerse de acuerdo sobre lo que eso significa. Por mi parte, desistí hace ya mucho de sacar una idea clara sobre el gremio y preferí aferrarme a la idea que yo tenía del psiquiatra como persona que cura las enfermedades mentales, por mucho que ellos no dejaran de decirme lo contrario, o lo contrario de lo contrario.

El caso es que el compromiso que absurdamente adquirí de acudir a la consulta de Ernesto produjo en mí un estado de inquietud totalmente nuevo y desconocido. A la mañana siguiente, el domingo, me desperté muy temprano y tuve la oportunidad de estar largo tiempo pensando sobre la cama. Los días que quiero dormir a pierna suelta son los días que más pronto me despierto. En cambio, los días que tengo que madrugar ni siquiera soy capaz de oír el despertador. Esto pasa con muchas cosas. Los días que tengo más hambre, en casa hay sopa y salmonetes de comida, y cuando he terminado de comer tengo exactamente la misma hambre o más que tenía antes de comer. En cambio, los días que me he tomado un pincho de tortilla en la oficina, en casa hay arroz a la cubana y ragú de ternera con patatas y la comida termina saliéndome por las orejas. Es lo mismo que pasa con la televisión: si en la primera cadena ponen una película buena, en Eurosport retransmiten una partida de *ice packing* y en la dos hay un estupendo documental sobre guepardos. Pero si en Eurosport hay un campeonato de halterofilia, que es aburridísima, entonces en la uno hay una gala por Sudamérica, y en la dos una entrevista a Norma Vudal.

Pero aparte de todo esto, mis pensamientos en aquella mañana, con Pati todavía dormida a mi lado, se centraron, como es lógico, en la visita que tarde o temprano habría de realizar a la consulta de mi cuñado Ernesto. Ya sé que nada me obligaba a hacerlo y que podría haberle mandado a paseo si hubiera querido, pero un extraño sentido de la compasión, acompañado de cierto sentimiento de culpabilidad, me impedía hacerlo. Es difícil de explicar. Sentía compasión de las noches del psiquiatra frente al televisor o de sus mañanas limpiando el fondo de la piscina. Sentía compasión de sus comportamientos histriónicos, de su tendencia compulsiva hacia el orden, de su necesidad de afirmarse a sí mismo en cada una de sus palabras y sus movimientos. Yo le había dejado —a él y a su chaqueta— en un pésimo lugar la tarde anterior, y ahora sentía que debía darle una oportunidad, en su propio terreno, de resarcirse, de ser alguien más que un simple cuñado inaguantable.

Bueno, todo esto que he dicho es cierto, pero también es cierto que falta un detalle importante: mi curiosidad. La verdad es que sí, yo tenía una curiosidad bastante grande por conocer la consulta de mi vecino, por comprobar sobre el terreno cuál era su ocupación diaria, cómo eran sus pacientes, cuántas plantas había en su despacho, cuántas estanterías, cuántos libros acaso sin estrenar o cuántas fotos de su mujer. Me imaginaba a Ernesto paseando de un lado a otro de su consulta mientras daba consejos a sus pacientes —muy pacientes, sí— y trataba de aventurar también la clase de advertencias que podría darme a mí para esa aversión a los botones que me atribuía. Si había de ir alguna vez a la consulta de mi cuñado, ésta era la ocasión. El apasionante mundo de la psiquiatría se abría ante mí.

Entonces el ruido de la segadora de Ernesto me sacudió sobre la cama y despertó sobresaltada a Pati, que no conseguía acostumbrarse a la música celestial que nos amenizaba nuestras mañanas de domingo. Pati y yo nos miramos con complicidad, pero desistimos de decir una sola palabra, ya que el ruido era tan intenso que ni siquiera podíamos oír nuestra propia voz. Supuse que Ernesto había decidido repasar las puntas, porque lo que se dice segar, ya lo había hecho dos días antes. Todas mis reflexiones anteriores sobre Ernesto y la psiquiatría adquirieron entonces, por supuesto, un tinte bien distinto. Me pareció completamente injusto que me hubiera tocado a mí un vecino como ése, que además de ser insoportable era mi cuñado, y que en sus ratos libres no tenía nada mejor que hacer que amargarme a mí la vida. Más injusto aún me pareció que, no conformándose con ser mi vecino y mi cuñado, fuera también mi psiquiatra y me obligara a acudir a su consulta. Pero la suerte estaba echada. Quizá a mi compasión hacia Ernesto, a mi curiosidad por su consulta, hubiera ahora que añadir una especie de vértigo hacia lo oscuro, hacia las profundidades más recónditas de una mente tan insoportable como la suya, o una terrible fatalidad que tiende a señalar los caminos que menos nos convienen.

El hecho es que el nules siguiente, a las siete de la tarde, fui a visitar la consulta psiquiátrica de Ernesto López Adelantado, tal y como ponía en la placa de la puerta del bajo que tenía alquilado en la calle Ayala casi esquina Príncipe de Vergara. Fue en ese momento, y no antes, cuando descubrí que ése era su segundo apellido, «Adelantado», y deduje que era él quien había preferido ocultármelo, porque resultaba demasiado tentadora la comparación jocosa entre su apellido y su carácter competitivo y marisabidillo tan conocido por todos. Seguramente, pensé, este hombre tiene tan poca personalidad que no ha encontrado nada mejor que sus propios apellidos para definir su forma de ser. Pero acto seguido pensé también que no era ésta la actitud que yo debía adoptar para entrar en la consulta de mi cuñado, por mucho que al ver otra vez la palabra «Adelantado» me acometiera la risa de nuevo.

—Buenas tardes —dijo la bata blanca que se asomó tras la puerta.

Cuando hube observado la bata, y reflexionado sobre su posible utilidad en una consulta psiquiátrica (como si las depresiones de los pacientes pudieran salpicar la ropa), levanté la vista y encontré en la cara de la joven que me miraba la expresión típica de quien se ha visto obligado a interrumpir la lectura de la revista *Diez Minutos*.

—Buenas tardes —dije—, venía a ver al doctor Adelantado.

La chica pareció dudar un instante. Mi estado de excitación era enorme. Estaba fuera de mí, y las palabras que sonaron a continuación no las reconocí del todo como mías.

—Perdón —dije—, a lo mejor me he Adelantado un poco, igual me he adelantado Diez Minutos.

La chica, con buen criterio, consideró que mis dos chistes encadenados eran tan malos que lo más prudente era ignorarlos.

—No está —me dijo—, hoy no tiene consulta.

—Ah, estupendo, ya vendré entonces otro día —dije, tan abochornado por mis chistes que no tardé ni medio segundo en darme la vuelta y meterme en el ascensor que se encontraba a mi derecha. Estaba tan nervioso que no me di cuenta de que nos encontrábamos en el bajo y de que en realidad yo no había llegado allí en ascensor. Apreté el botón del piso bajo, pero el ascensor no se movió. Comprobé en la placa que había encima de la botonadura que se trataba de un ascensor Schindler y corroboré por primera vez en mi vida una de las tesis favoritas de mi padre: que Schindler estaba en franca decadencia. Pero en ese momento la enfermera abrió la puerta del ascensor y me sacó de mi error.

—¿Va usted a la calle? —dijo, y antes de que yo asintiera me señaló la entrada del portal, justo enfrente de donde nos encontrábamos.

—Sí, claro —dije, con la sangre bulléndome en los pómulos y las orejas, y añadí para sentirme más cómodo—: Dígale al doctor que he venido, y que... bueno, que me hubiera encantado verle, pero que no creo que pueda volver ya, soy mi cuñado, o sea, su cuñado Rodrigo, el de él.

—Ah, ¿es usted?

—Sí, soy yo, claro, siempre he sido yo.

La chica me invitó a entrar con la cabeza.

—Los lunes no hay consulta, pero tratándose de usted...

Me llevó a una pequeña sala de espera y cerró la puerta tras marcharse. Me dejó a mí solo en aquella sala, que imaginé llena de sufrimientos y tristezas flotando por el aire. Me senté en uno de los dos sofás y las piernas y la espalda se me hundieron hasta desaparecer en aquellos cojines deformados de tanta gente como se habría sentado encima. Observé a mi alrededor. La verdad es que eso de que los psiquiatras también tengan sala de espera me parece de lo más raro, compartir la sala con otros enfermos, encontrarte quizá con un conocido y confesarle que estás aquejado de una fobia o de una manía persecutoria.

Empecé a ponerme nervioso. Me levanté y caminé por la sala. Yo creo que la única función de las salas de espera de los médicos es atacar los nervios de los pacientes. De esta forma resulta más imponente la autoridad del señor doctor, que, sereno y templado, espera al otro lado de la mesa de su consulta. Volví a fijarme en la colección de grabados que colgaban de las paredes. Descolgué por curiosidad uno de ellos y lo miré por detrás. Comprobé entonces lo que ya en una primera observación me había parecido evidente: ese marco tan imperfecto, tan mal cuadrado y proporcionado, no había sido hecho en la tienda de mi mujer. La etiqueta del enmarcador decía Marcos Corredor, es decir, la competencia de Pati, esa gran tienda de la calle Arturo Soria que tenía tomado el mercado de la zona y que tantos quebraderos de cabeza le producía a mi mujer y sus socias. En un momento, debo reconocerlo, toda la compasión que había sentido en los últimos días por mi cuñado (así como la excitación que me había dominado en los últimos minutos) se disolvió de una sola vez. Resultaba que mi cuñado, cuando abrió su consulta hacía un par de años, había sido capaz de llevar esos grabados a la competencia, donde, aparte de no beneficiarse del descuento que le habría hecho Pati, la calidad de los materiales y del acabado era infinitamente peor. La ira, en forma de gotas de sudor, me resbalaba por la espalda, y estaba alcanzando unos niveles tan extremos que llegué a pensar si no se trataría todo de una provocación diseñada por Ernesto, con el único objetivo de crearme ciertos estados de ánimo que me predispusieran adecuadamente para alguna clase de terapia. En seguida abandoné semejante idea, por supuesto, y cuando estaba intentando colgar el cuadro de nuevo, se abrió la puerta de la sala y apareció la intrigante cara de Ernesto.

—Rodrigo —dijo—, ¿cómo estamos?

—Yo bien —dije, extendiendo la mano—, pero el cuadro estaba un poco torcido.

—Ah, no te preocupes. ¿Te gustan? Me los regaló una paciente. Es una amiga de Nuria y claro, como no le cobré, me los trajo de regalo. Fíjate, los trajo enmarcados y todo.

—Ya veo, ya veo —dije, sin apenas tener valor de enfrentarme con la propia miseria de mis pensamientos anteriores, ni con la cara sonriente de mi cuñado.

Entramos a su despacho. Tomé asiento a este lado de la mesa y él se sentó al otro lado, en una gran butaca de piel negra.

—¿Qué te parece mi chiringuito? Tendrías curiosidad por verlo, me imagino.

—Sí, sí —dije y me dediqué a observar a mi alrededor.

El despacho era muy grande. La mesa de Ernesto estaba en un extremo junto a un ventanal que daba a la calle Ayala, cubierto por una persiana de finas lamas metálicas inclinadas, entre las cuales, no me cabía duda, Ernesto se daba el gusto de curiosear en cuanto podía, como los abogados, los periodistas y los policías de las películas americanas, para quienes no existe satisfacción mayor que la de ese gesto, albergar en la mano la potestad de abrir la realidad por la mitad y observar el otro lado.

En el otro extremo de la habitación había un sofá y una mesa baja. Todo estaba extraordinariamente ordenado y limpio. Supuse que era el propio Ernesto el responsable de tanta pulcritud y me lo imaginé, entre paciente y paciente, repasando con la bayeta la mesa y con el plumero los cuadros y las estanterías. Había plantas por todas partes, como yo había supuesto. Este hombre amaba tanto la botánica que me extrañó comprobar que el suelo no estuviera alfombrado con césped natural. Pero todo el perímetro de su despacho estaba jalonado con ficus, potos, palmeras y otros muchos tipos de plantas de interior cuyos nombres espero no aprender nunca. Ernesto me dijo un día que las hojas de las plantas había que limpiarlas con cerveza para que brillaran. Lo imaginé también, dos minutos antes de que yo llegara a su consulta, armado con un algodón empapado en cerveza y frotando con cuidado en cada una de las hojas de sus plantas.

Miré a Ernesto, sentado en su butaca, y me di cuenta de que era una pieza más en el perímetro de la habitación, quizá una planta más esperando que alguien la regara o le limpiara las hojas con un poco de cerveza. Pensé que ya llevábamos en silencio algunos minutos, y por eso crucé las piernas, carraspeé y le volví a mirar. Ernesto me observaba fijamente, sujetándose la barbilla con los dedos índice y pulgar de su mano derecha, pero no parecía dispuesto a hablar, como si quisiera demostrar que el silencio no le asustaba (ni nada de lo que pudiera ocurrir o decirse en esa consulta), y que allí era él quien marcaba los tiempos y manejaba la situación.

—Y tu mujer, ¿qué tal? —dije, cuando ya empezaba a perder los nervios.

Ernesto no respondió. Me miraba a los ojos y yo me empeñé en aguantar su mirada, sin decir nada, porque me daba rabia que él pretendiera imponer de tal manera el orden de lo que allí ocurría. Pero Ernesto no se dejó asustar por mi mirada ni por el silencio y siguió inmóvil con la barbilla apoyada en la mano y algunas ramas arborescentes brotándole tras las orejas.

—Bueno, ya sabes —acepté mi derrota al fin—, he venido porque tú me lo dijiste, pero ya sabes que a mí esto de los botones me parece que no tiene ninguna importancia.

—Ya —dijo Ernesto incorporándose. Cogió un boli y un papel y me miró—. Dime tus datos. ¿Nombre?

—Ernesto, por favor —dije increpándole—. No hace falta que juegues a los médicos conmigo. Ya conoces mis datos de sobra.

Ernesto hizo girar el bolígrafo sobre la punta de sus dedos.

—Mira, Rodrigo, si quieres ponerte en tratamiento conmigo deberás respetarme. ¿Has venido a curarte o a cotillear un rato en mi consulta? ¡Qué ser más insoportable! Sólo mi hermana Nuria podría casarse con alguien así.

—A curarme —dije.

—Bien, en ese caso debemos mantener la debida distancia. No somos cuñados ni amigos ni vecinos. Somos el médico y el paciente. Ésa es la norma número uno, ¿está claro?

—Sí.

—Dime tu nombre —dijo, armándose de nuevo con el boli.

—Rodrigo Montalvo Letellier.

—Edad.

—Perdón un momento, doctor. Si ésa es la norma número uno, ¿cuál es la norma número dos?

—La norma número dos dice que el paciente nunca interrumpe al médico, que el paciente siempre sigue las instrucciones que le da el médico porque aunque el paciente piense lo contrario el médico siempre sabe más. ¿De acuerdo?

—Es un poco abusivo, ¿no? Como un día quieras comprar un ascensor te vas a enterar, majo.

Ahora Ernesto se dejó caer de nuevo sobre el respaldo de su butaca.

—Te voy a ser sincero, Rodrigo. Hago esto por amistad. Lo tuyo es una fobia como otra cualquiera y cualquier psicólogo podría tratarte. Pero como sé que no vas a ir a ningún psicólogo, prefiero tratarte yo.

—Te lo agradezco.

—No me lo agradezcas. Considero que también es labor del psiquiatra ofrecer su ayuda antes de que el paciente se la solicite.

Ya he dicho que éste es un rasgo típico de los psiquiatras, disertar sobre sus competencias.

—Está bien, respetaré las normas —dije—. Si quieres saber mi edad, tengo treinta y siete años.

—Bien —dijo Ernesto—. Es la primera vez que vas al psiquiatra, ¿verdad?

Ernesto anotó algunas frases más en la hoja y volvió a mirarme.

—Verás, las fobias, como esta tuya a los botones, se manifiestan en forma de un miedo aparentemente irracional y desproporcionado ante algo, un objeto, una situación, lo que sea. Normalmente es el propio enfermo quien reconoce que su miedo es absurdo y que no tiene nada que ver con un peligro real, pero no puede hacer nada para vencerlo.

—Ya, bueno, en realidad...

—Bien —Ernesto levantó la mano para interrumpirme y volvió a demostrar quién mandaba allí—, detrás de esa fobia se esconde siempre un conflicto emocional y la labor del terapeuta es intentar sacarlo a la luz. Es lo que voy a hacer yo contigo, intentar descifrar el conflicto o conflictos que te provocan la aversión a los botones. Lo siento, pero voy a tener que hurgar un poco aquí dentro —dijo señalándose su propia cabeza.

—¿Te refieres a aquí dentro, a mi cabeza? —dije señalándome yo la mía.

Ernesto asintió y abrió algunos cajones de su mesa. Empecé a arrepentirme de haber acudido a aquel lugar.

—Ernesto.

—Qué.

—¿Es posible también tener fobia a las personas?

Ernesto sacó unas láminas plastificadas de un cajón y me miró.

—No te preocupes por eso, Rodrigo, yo me encargaré de evaluar tu fobia.

Apoyó las láminas encima de la mesa y las colocó de forma que yo pudiera verlas con claridad.

—Mira, ahora vas a fijarte en cada una de estas láminas y vas a decirme lo que sientes.

Me enseñó una lámina con un cuadrado negro en el centro, así de simple.

—¿Qué sientes?

—Nada.

—¿Y ahora? —dijo, enseñándome un rectángulo negro.

—Nada.

Me enseñó un triángulo.

—Nada.

Un rombo.

—Nada.

Un hexágono.

—Nada.

Un círculo.

Miré a Ernesto.

Su cara asomaba por encima de la lámina. Me estaban dando ganas de reír.

—¿Qué siento ahora?

—Sí.

—Que estamos haciendo el ligipollas.

—¿Qué?

—Perdona, pero es que esto es patético.

—No, no, está muy bien, tienes que decir lo que sientas, tal como te salga.

Sentí cierto alivio porque el psiquiatra no me recriminara.

—¿Te das cuenta de la equivocación que has cometido? Has confundido unas sílabas con otras.

—¿Yo?

—Sí, tú.

—Pero qué dices.

—Lo que oyes.

—Que yo no he confundido ninguna lísaba, Ernesto.

—¿Ves?

—¡Qué pasa!

—Que te has vuelto a equivocar, y ésa es la función del test, detectar posibles alteraciones asociadas a determinados patrones. Fíjate que en el momento en que te he enseñado esta forma, un círculo, has empezado a ponerte nervioso y a trabar el habla —Ernesto estaba tan satisfecho que por un momento pensé que iba a flotar por la habitación, como un globo aerostático. Este tipo de personas que se sienten tan superiores se mueren de gusto cuando creen encontrar una prueba para alguna de sus inteligentes teorías. Las ganas de reír se me habían pasado, claro.

—Ernesto, ese círculo no me altera lo más mínimo. No quiero ofenderte, pero lo que me altera es el test tan ridículo que me estás haciendo.

—Rodrigo, por favor, no olvides las normas que has aceptado.

Sacó una nueva lámina a toda velocidad. Era un círculo gris con un grueso trazo negro a su alrededor.

—Dime lo que sientes, corre.

Respiré hondo y tragué saliva.

—Siento ganas de llorar, siento ganas de estar con mi hija meciendo sus muñecas gemelas, siento ganas de estar en el jardín de casa ahora que hay silencio, o en una colchoneta hinchable metiéndome mar adentro, o en el centro comercial tomándome el tercer helado de crema de leche. Prefiero estar en cualquier sitio mejor que aquí, prefiero un atasco, un accidente aéreo, un entierro, antes que seguir posortando esto. Te pido que termines ya, for pavor, joder, por favor, al final sonquigues lo que quieres...

—Es evidente, Rodrigo, no te empeñes en negarlo.

—¡¡¡Vale ya, cállate ya de una dalmita vez!!!

Creo que nunca en la vida había gritado yo así. Las hojas de algunas plantas todavía temblaban tras la ferocidad de mi grito.

—Si es que me estás atosigando y claro, ¿entonces moco no voy a ponerme vernosio? Mierda, ya no sé ni hablar, debes de estar entancado.

Debo reconocer que éste fue el único momento en que Ernesto demostró su profesionalidad. Admirablemente, consiguió no reírse con mis palabras y se mantuvo entero.

—No te desesperes, Rodrigo. Están aflorando emociones muy fuertes asociadas a estos patrones y que tendremos que descifrar.

—Tócame los huevos, anda —fui realmente grosero.

—¿Quieres que hagamos un descanso?

—¿Para tocarme los huevos? No, quiero terminar ya.

—Debes estar contento de haber venido, Rodrigo, este problema con los botones está destapando un problema de fondo mucho más grave.

—Estoy contentísimo, pero me voy ya.

—Ahora, ahora, pero dime, esta leve parafasia que padeces, ¿te la habían detectado ya alguna vez?

Evidentemente las fuerzas empezaban a faltarme por todos los lados. El psiquiatra estaba arrollándome, pasando por encima de lo que dentro de poco sería mi cadáver. Ya no quedaba dentro de mí una sola gota de rabia, odio o indignación. Ahora era todo debilidad, miedo, encogimiento. Resultaba que ya no sólo les tenía rabia a los botones, sino que además me estaba volviendo tartamudo. Supuse que el paso subsiguiente sería diagnosticarme un cáncer.

—¿Parafasia? —pronuncié con un hilo de voz, temiendo que la sola articulación de esa palabra pudiera agravar mi estado, por lo visto ya muy preocupante.

—Sí, no pasa nada, las parafasias silábicas como la tuya son problemas de lateralidad que suelen estar asociados a la dislexia. Pero por lo general es una afección leve que no tiene por qué responder a una lesión cerebral. Dime una cosa, ¿sabes si tuviste alguna clase de problemas a la hora de aprender a hablar o escribir que afectaran a tu escolaridad? Ya sabes que la dislexia es la principal causa endógena de retraso escolar.

La principal causa del retraso escolar. Esa frase me sonaba. Nunca entenderé cómo puede haber más de diez cosas distintas que son la principal causa del retraso escolar. Por mi parte, debía reunirlas todas, porque más que retraso lo que yo tuve fue parálisis escolar. La nota más alta que obtuve en mis años de bachillerato fue un Suficiente C en física, y fue debido al interés —que no acierto— que mostró mi padre en resolver unos problemas de poleas y ascensores que me llevé a casa. En cualquier caso, que me diagnosticaran una dislexia terminal, y que ésta fuera la causa principal de mi retraso escolar, me hacía bastante poca gracia, la verdad.

—Nunca me han detectado nada, siempre he leído y hablado perfectamente.

—Eso no es cierto, Rodrigo, acabamos de comprobarlo. En estados de alteración emocional cambias el orden de las sílabas e incluso de las palabras y eso debemos corregirlo. Además, no es la primera vez que detecto en tu lenguaje estas alteraciones parafásicas tan características.

—Tú también tienes otras alteraciones y yo no te digo que te operes el cerebro. ¿Por qué no me dejas tranquilo? Sólo me equivoco cuando tú haces me que evicoque. Así que me voy, no sé por qué he venido aquí —dije, pero cuando iba a levantarme detecté un movimiento de Ernesto, que se echó para atrás en su butaca y me miró fijamente a los ojos.

—Lo que tú quieras. Es tu decisión.

Lo que yo quería era irme. Mi decisión era irme. Pero dudé y cuando dudas siempre haces lo contrario de lo que en realidad quieres hacer. Cuando me pilla un atasco en Madrid y dudo entre dos itinerarios posibles siempre cojo el que pienso que es peor. No sé por qué, es muy raro. Pero cuando llega el momento de decidir, la opción que me parece peor ejerce una extraña atracción sobre mí. No sé, ya he dicho que a esto se le podría llamar fatalidad: puestos a caernos en un hoyo, nos caemos en el más profundo.

Permanecí callado unos segundos, hasta que la fatalidad actuó de una sola vez.

—Explícame lo que tengo, sólo explícamelo —dije—, pero no te ensañes.

Ernesto carraspeó, se incorporó de nuevo sobre la mesa, cogió una cuartilla y desenroscó la tapa de su pluma Waterman. Mi disgusto fue enorme al comprobar que, frente a todas mis esperanzas, Ernesto ni siquiera se había olvidado de los malditos botones.

—Verás. Tú has venido a mi consulta tratando de resolver una fobia a los botones —apuntó en la cuartilla la palabra FOBIA— y resulta que ahora estamos hablando de otro trastorno distinto que es la parafasia —apuntó ahora la palabra PARAFASIA en la cuartilla y levantó el párpado para mirarme, tal como hace el gato Arnold cuando me vigila desde encima del televisor—. Pues bien, lo que todavía no sabemos es si estos dos fenómenos están relacionados de alguna forma en tu psiquismo. No parece casual, Rodrigo, que sea el patrón circular, precisamente el de los botones, el que haya despertado en ti estos episodios de parafasia. Probablemente existe una estrecha relación entre ambos trastornos —dibujó una elipse alrededor de la palabra FOBIA y otra alrededor de la palabra PARAFASIA y unió ambas elipses con una flecha de dos sentidos—, y nosotros tenemos que diagnosticar cuál es esa relación. Mi opinión es que no podemos tratar una sin tratar la otra.

Hizo una pausa, o eso me pareció a mí. Quizá no fuera una pausa y ya hubiera terminado. Levanté la vista de la cuartilla y miré los labios de Ernesto, a ver si añadían algo más.

—Lo que sugiero es comenzar por tratar la parafasia, que ahora mismo me preocupa más —dijeron los labios—, diagnosticarla, definirla y luego tratarla adecuadamente. Esto puede llevarnos varios meses.

Ernesto me miró, tapó su pluma y dio un golpecito sobre la mesa. Entonces se puso de pie y se acercó a mí rodeando la mesa.

—¿Hemos terminado ya? —dije, poniéndome también de pie antes de que el psiquiatra pudiera sentarse sobre el brazo de mi butaca, una de sus especialidades.

Ernesto me cogió del hombro.

—Si te parece, Rodrigo, estudio tu caso y te preparo un informe. Con ese informe ya decidimos.

—De acuerdo —dije sudando.

Ernesto abrió la puerta del despacho y me extendió su mano al tiempo que pronunciaba mi nombre, a la manera en que, pensaría él, lo hacen los presidentes del Gobierno.

—Rodrigo.

—Doctor Adelantado —dije yo extendiendo también mi mano.

—Muy gracioso —dijo él volviéndose a su asiento—. Susana te abre la puerta.

Al salir a la calle, decidí ir a pasear por el parque del Retiro, no demasiado lejos de allí. Me compré pipas con sal y fui saboreándolas durante el paseo. Cada pipa que me metía en la boca era un pensamiento. Cada bocanada que daban las carpas en el estanque fue una congoja. Cada chinita que se me metió en los zapatos, una inquietud. Cada estornudo provocado por la alergia, un mal augurio. ¿Por qué demonios tuve que hacer caso al imbécil de mi cuñado cuando me dijo que viniera a su consulta? ¿Qué necesidad tenía yo de saber que era un enfermo fóbico y parafásico? ¿No era mucho más feliz antes de descubrir estas facetas depravadas de mi personalidad? ¿Por qué demonios se me había ocurrido abrir mi cabeza a nadie y menos a mi cuñado Ernesto? ¿Qué ganaba yo, o ganaría en el futuro, contándole todas mis interioridades a ese tipo? ¿Quién me aseguraba que no se lo iba a contar a Nuria o que no lo iba a utilizar para su propio regocijo o beneficio? ¿No hay escrita alguna ley que dice que las últimas personas a las que uno debe abrir su cabeza son, por este orden, su cuñado, su vecino y su neurocirujano? ¿No cumplía Ernesto muy peligrosamente dos de estas condiciones?

Pipas, carpas y estornudos. Las preguntas se amontonaban en mi mente. Los nervios crecían y la indignación también. No quería volver a ver a Ernesto en toda mi vida. Cuanto más pensaba en él, peor me sentía. En una ocasión, por casualidad, la imagen de un botón se me pasó por la imaginación y devolví sobre el agua todas las pipas que había comido, para enorme gozo de las carpas. Camino de casa, las palabras comenzaron a trasballitarse, y en toda la chone ya no hubo namera de ordenarlas.

Tue ferrible.

4.

Cuando pienso en la parafasia soy parafásico y me cuesta mucho colocar las síbalas en orden y en lugar de decir «supermercado», digo, por ejemplo, «sumerpercado». A veces esto mismo me ocurre con el orden de las palabras y digo, por ejemplo, «me estómago el duele» cuando, evidentemente, lo que quiero decir es que me duele el estómago. Otras veces es todavía peor y lo que hago es cambiar letras o sílabas entre distintas palabras. Cuando digo «me he tensionado la toma», en realidad quiero decir que me he tomado la tensión.

Pero, como digo, esto sólo me pasa cuando pienso en la parafasia o cuando alguien me recuerda que soy parafásico. Por eso prefiero no hablar más de este tema porque es peor. Cuando me olvido completamente de la parafasia y llevo mucho tiempo sin equivocarme, entonces ya es muy difícil que me evicoque, ¡joder!, equivoque.

En los días que siguieron a mi visita a la consulta de Ernesto, no estuve del todo mal. Es verdad que el veneno de la parafasia ya lo tenía irremediablemente metido en el cuerpo, pero al mismo tiempo, la certeza de que nunca en la vida volvería a pisar la consulta de semejante personaje me producía un gratificante estado de bienestar. En cualquier caso, procuré no hablar demasiado, por miedo a atascarme y a obsesionarme más de la cuenta, y pasé la mayoría de las tardes encerrado en el sótano con mi maqueta de tren. Necesitaba el aislamiento. Quería estar lo más lejos posible de Ernesto. No quería oírle segar el césped. No quería verle pasear por la calle antes de cenar. No quería presenciar los destellos azulados de su televisor por la noche. En esas tardes mi hija Belén me acompañó largos ratos. Estando con ella, explicándole el funcionamiento de los cambiagujas o de los semáforos, llegué a olvidar por completo mi parafasia. Así es la paz que transmite esta criatura.

A los cuatro días de mi visita a la consulta de Ernesto, o sea, el viernes siguiente, llegó el informe sobre mi fobia y mi parafasia. Los viernes, mi padre y yo terminamos de trabajar al mediodía, y vamos a comer a casa. Paré el todoterreno delante de la casa de mis padres. Mi padre, tras bajarse costosamente, se detuvo un momento, escuchó algo y me miró con una sonrisa malévola. Dijo:

—Escucha.

Apagué un momento el coche. Procedente de casa de Nuria llegaba el sonido de un caudaloso chorro de agua que caía desde gran altura. Ernesto estaba llenando ya su piscina, lo supe al instante.

—Don Perfecciones prepara el verano —dijo mi padre, que tras hacer un gesto de despedida al más puro estilo John Wayne, se metió en su casa.

La complicidad entre mi padre y yo era enorme en algunos terrenos, pero en ninguno tanto como en la manera de ver a Ernesto, nuestro querido vecino, yerno, cuñado y psiquiatra. Eso de que mi padre le llamara Don Perfecciones me llenaba de satisfacción, y más en un momento como aquél, tan sensible para mí. Reí con gusto y llevé el coche hasta casa. Ciertamente aquello de llenar la piscina a primeros de mayo definía muy bien la personalidad de Don Perfecciones. Ernesto tiene que ser metódico, ordenado y siempre el primero en todo. Es previsor hasta dar náuseas. Es de esas personas que cuando llega el verano guarda la ropa de invierno en otra habitación, y cuando llega el invierno vuelve a guardar la ropa de verano en la otra habitación. Es decir, que se pasa la mitad del año cambiando la ropa de armario, y yendo al armario de la otra habitación a coger esa prenda más fresca o más abrigada que ya no tiene en su armario. Es ridículo, pero es así. Yo creo que en la cuadriculada mente de Ernesto verano es igual a calor (verano=calor) e invierno es igual a frío (invierno=frío), y no puede concebir, por ejemplo, que una noche de agosto la temperatura baje por debajo de quince grados. Hay gente a la que haber vivido cuarenta y un veranos o cuarenta y un inviernos no le sirve de nada.

En fin, podría seguir hablando de las manías de Ernesto durante días, pero tampoco quiero ensañarme. Bueno, sólo voy a decir una cosa más. Si no lo digo, reviento: Ernesto es la única persona que conozco que no entrega la declaración de la renta el día que acaba el plazo. Creo que en alguna ocasión ha llegado a presentarla incluso con un mes de anticipación. Supongo que con esto ya es suficiente.

El turrón lo compra en octubre, esto también lo quería decir.

El caso es que metí el coche en el garaje, apagué el motor e insulté al perro Arnold, que en realidad es un gato, y que seguía ladrándome desde lo alto de su columna. La verdad es que me extrañó un poco, porque habitualmente el gato Arnold deja de ladrar cuando yo apago el coche, pero en seguida comprendí lo que pasaba, ya que el psiquiatra andaba por las inmediaciones de nuestro buzón y, sin duda, algo se traía entre manos. Ver al psiquiatra me disparó todas mis fobias y parafasias, si acaso esto puede decirse así, y yo también tuve ganas de ladrarle.

—Rodrigo —dijo Ernesto iniciando una retirada abyecta—, deberías ponerle una llave a tu buzón, cualquier día os roban las cartas.

—Vale, vale, no pre teocupes —dije, al tiempo que comprendí qué había llevado allí al psiquiatra.

Cogí el informe del buzón (una carta sin sello y con el membrete de la Consulta Psiquiátrica del Doctor López Adelantado) y me metí en casa. Llevé el sobre al sótano y me fui a comer, aunque por supuesto no pude probar bocado. Creo que todos estaremos de acuerdo en que no hay espera más terrible que la de un informe médico. En mi caso estaba tan seguro de que las noticias que me aguardaban iban a ser funestas que preferí esperar a la hora de la siesta para, en soledad, afrontar el triste destino que me estaba reservado. Bueno, estoy exagerando un poco.

Después de comer, Pati se volvió a la tienda y yo me encerré en el sótano. Puse en marcha el tren, el AVE, y circulé unas cuantas vueltas antes de abrir el sobre. En su interior, dos largos grafios mecanofoliados y llenos de palabras subrayadas esperaban mi lectura. Mi impaciencia era tal que fui incapaz de leer la carta de una vez. Saltaba de unos párrafos a otros. Empezaba por el principio y por el final y cuando llegaba al centro me daba cuenta de que no había entendido absolutamente nada. ¿Es que el informe era muy difícil o es que yo estaba demasiado nervioso? Di un par de vueltas más con el AVE y lo volví a intentar. Al parecer la primera parte del informe se dedicaba a describir, con una jerga infumable y con unas apreciaciones que yo no compartía en absoluto, lo que había ocurrido el otro día en la consulta. Según el informe, es decir, según el desequilibrado de Ernesto, yo tuve accesos, síncopes, paroxismos, ataques de furia y graves desequilibrios anímicos. Estupendo.

La segunda parte del informe era memorable. De vez en cuando aún la leo con estupor. Pretendía ser una suerte de desglose de todo lo que podía llegar a ocurrirme si no me ponía en tratamiento lo antes posible. Era un chantaje miserable y de un infantilismo muy superior al que suele hacerme mi hija Belén cuando me dice que si no la dejo montar en los caballitos ya no me va a querer nunca. Además, para que el asunto diera más miedo, el psiquiatra lo había llenado todo de palabras incomprensibles y —estoy seguro— en su mayor parte inventadas. El pobre es tonto como una lechuga. ¿Qué necesidad tendría de hablarme a mí de la *afasia de Broca,* de la *afasia sensorial transcortical,* de las *manifestaciones anómicas* o de la *fluencia verbal*? ¿Pensaba que iba a temblar al oír esas palabras?

Pues sí.

Eso es lo peor de todo, que consiguió su ruin y primario objetivo: hacerme temblar.

En aquel momento me encontré muy solo. No tenía a Belén ni a Marcos ni a Pati conmigo. Aquel informe era demasiado importante, demasiado grande, demasiado pesado para mí solo. Si aún estaba vivo tenía que ser capaz de reaccionar, de ofrecer alguna clase de respuesta ante la aplastante insolencia de esos folios. Decidí ir a ver a mi padre, la única persona capaz de sacar fuerzas de flaqueza aun en las situaciones más difíciles.

Una de las mejores virtudes de mi padre es que es capaz de no anteponer el sentido común a otros sentimientos mucho más fuertes e importantes, y por eso yo recurro a él cuando necesito que alguien me dé un consejo que vaya algo más allá de lo habitual. En muchas ocasiones mi padre es la persona que mejor me comprende (mejor incluso que Pati), quizá porque los dos nos parecemos mucho más de lo que podemos aparentar.

Recuerdo un día, cuando yo tenía cuatro años, que estaba jugando en la buhardilla, una especie de trastero donde mi padre escapa de la *grandeur* de Francia, dignamente representada por la persona de mi madre, alta, fuerte, y chovinista hasta la médula. Cuando mi padre se cansaba de las comparaciones entre la red de transportes parisina y la madrileña, o entre las ensaladas francesas y las españolas, se cogía el ascensor (ese ascensor que él había instalado para subir del garaje al dormitorio) y se subía a la buhardilla, donde cualquier cosa le entretenía más que su propia mujer. El caso es que en aquella época mi padre había instalado un dispositivo por el cual el ascensor, después de realizar cualquier viaje volvía por sí solo al nivel -1, en el garaje. No sé por qué había instalado mi padre este dispositivo, pero, conociéndole, puedo imaginar que la única razón para hacerlo fue que no encontró ninguna razón para no hacerlo. Aquella tarde, cuando yo estaba jugando, mi padre me dijo que iba a ir a comprar unas herramientas y que si le acompañaba en el coche. Me cogió de la mano y para darme una alegría me dijo que íbamos a bajar en ascensor, cosa que normalmente no hacíamos. Cuando el ascensor llegó, abrió la puerta y entramos dentro, pero de pronto mi padre se acordó de algo, salió corriendo, y me dejó a mí solo en el interior. Entonces la puerta comenzó a cerrarse. Sólo me dio tiempo a ver cómo mi padre corría hacia su mesa, cogía un papelito y regresaba corriendo hacia mí demasiado tarde. La puerta se terminó de cerrar, y (eso es lo que mi padre no había previsto) el dispositivo que devolvía automáticamente el ascensor al garaje se accionó y yo me fui para abajo, como si el mundo se hubiera vuelto loco y en vez de obedecer a mi padre, como hasta entonces, hubiera decidido obedecer a los caprichos de una voluntad perversa que quisiera hacerme daño. Empecé a llamar histéricamente a mi padre y mi padre me devolvía los gritos:

—¡Rodrigo! ¡Rodrigo! ¡No pasa nada, no toques ningún botón! —fue lo primero que me dijo mi padre.

Bajé un piso y oí la voz fatigada de mi padre al otro lado de la puerta.

—¡Rodrigo, estoy aquí, no pasa nada!

Pero el ascensor seguía bajando. En seguida llegué al siguiente piso, y de nuevo, ahora más fatigada, la voz de mi padre seguía estando al otro lado.

—¡Enano, sigo aquí, no te preo...!

Seguí bajando, hasta que el ascensor se detuvo en el garaje. Empujé la puerta con mucho miedo, medio lloroso y vi a mi padre bajando las escaleras como un bólido y diciéndome sin apenas poder respirar:

—Ya estoy aquí... Ves como... Ves como no pasa nada... Es que funciona así... ¡Rodrigo!... ¡Rodrigo!... ¡Pero qué haces!... ¡Deja de darme patadas que yo no tengo la culpa, Rodrigo, por favor!

Esa misma semana mi padre, curado en salud, ordenó quitar el dispositivo que devolvía el garaje al ascensor, o mejor dicho, el ascensor al garaje. Por mi parte, tuvieron que pasar veintitrés años, el tiempo que tardé en tener mi propio hijo, para que supiera valorar lo que mi padre hizo por mí aquella tarde, cuando bajó la escalera a toda prisa para estar cerca de mí en cada momento. Yo también, cuando veo a Marcos o a Belén asustados frente al mundo, intento hacerles creer que nada puede salir mal, y que todo está controlado. Yo también intento estar cerca de ellos cuando las cosas no van bien, aunque a veces me pongo tan cerca que me llaman pesado.

Nunca la relación con Nuria o con mi madre podrá parecerse a la relación que yo he tenido con mi padre. No digo que sea ni mejor ni peor. Simplemente es distinta, porque mi padre no se parece a nadie (en todo caso a mí) y yo no me parezco a nadie (en todo caso a él) y esto hace que los códigos en los que se mueve nuestra relación sean indescifrables para la mayoría de los mortales. Mi padre es una persona acostumbrada a hacer lo que le da la gana, sin tener en cuenta la opinión de nadie. La vida le ha enseñado que llevar la contraria a los consejos de los demás —esos consejos tan sensatos que siempre le invitaban a tener prudencia en los negocios— es una fórmula infalible para alcanzar el éxito. Las decisiones aparentemente más absurdas (*suggealistes*, en expresión de mi madre) son las que, una tras otra, le han conducido a la creación de su enorme capital, que ahora seguramente produce vértigos y mareos a sus sensatos asesores. No hizo caso a nadie cuando decidió comprar a los herederos de Jaime Dávila su parte de la empresa, ni cuando decidió cambiarle el nombre, ni cuando se negó a ser absorbido por Schindler, ni cuando decidió renunciar a los últimos avances en seguridad y velocidad, para apostar, como distintivo de marca, por la confortabilidad de la cabina (de entonces, hablo de mediados de los setenta, son aquellos anuncios en prensa, tan criticados y tan rentables, en los que se veía a una pareja besándose dentro de un ascensor, y bajo ellos, la frase: «En nuestros ascensores no tendrás ganas de hablar del tiempo»). No sabemos lo que habría pasado si mi padre hubiera hecho caso a sus múltiples consejeros de pesados pies sobre el suelo. Sabemos lo que ha pasado al no hacerles caso y sabemos que con ello mi padre ha conseguido algo fundamental para el buen funcionamiento de una empresa: disfrutar trabajando. El día que ocupé el despacho junto al suyo, mi primer día de «jefe» o «dueño», me dijo: «Las cosas importantes se dicen en un ascensor. Todo lo que no da tiempo a decir en un ascensor es superfluo. Es importante que lo tengas en cuenta». Yo le respondí: «Yo sólo hablo en los ascensores cuando voy solo». Mi padre se quedó pensando. «Eso es interesante —dijo—, sabía que íbamos a entendernos».

Varios años después, el comportamiento de mi padre, cuando decidí enseñarle el informe que Ernesto había depositado en mi buzón, seguía demostrando su orden de prioridades: más allá de la razón y de la sensatez, anteponía los sentimientos hacia su hijo, y su hijo seguía siendo yo, el mismo que se quedó encerrado en el ascensor de casa a los cuatro años de edad.

Fue así. Cogí el informe, salí de casa y caminé por la acera los veinte pasos que me separan de casa de mis padres. Al llegar a la cancela, casi de una manera inconsciente y automática, como si no fuera yo mismo sino mi cuerpo el que por sí solo buscara la seguridad del hogar paterno, me icé sobre la puerta de la cancela, me colgué sobre el abdomen, y estiré el brazo para poder girar el picaporte con la mano. Éste era un movimiento repetido mil veces en mi adolescencia, cuando llegaba a casa a las tantas de la madrugada y sin llave. En el pasillo me encontré con una terrorífica máscara blanca, quiero decir, mi madre, que se había puesto una de sus mascarillas de arcilla o algo así para la piel y que llevaba el pelo envuelto en una toalla.

—Hola, mamá —dije, y como mi madre no respondió, insistí—. Mamá, ¿sabes dónde está papá?

—Ja, ja, ja —rió mi madre, con una voz de hombre que no era la suya—. ¿Qué tengo que enseñarte para que veas que no soy tu madre? —dijo entonces mi padre, que ahora sí, demostró ser la persona que se escondía bajo ese absurdo disfraz.

—¡Papá!, ¿qué haces?

—Todavía eres pequeño para estas cosas, Rodrigo.

—¿No habrás atacado a la asistenta nueva, papá?

—No, no, sólo le he pedido que me colocara la toalla en la cabeza y me ayudara a atarme la bata, ja, ja, ja —me cogió entonces del brazo y me llevó hacia el porche—. Pero deja, deja, vamos a ver la partida de *tea poting*, van ganando las noruegas —al *ice packing* mi padre lo llama *tea poting*.

Salimos los dos al porche, donde, con el buen tiempo, mi padre saca siempre el televisor, y asistimos interesados a la partida que estaban disputando las noruegas contra las suecas. En eso de lanzar la tetera sobre el hielo se veía a los dos equipos bastante igualados, pero en lo de pasar la escoba pulidora por delante de la tetera las noruegas demostraron bastante más pericia que las suecas. Mi padre no dejó de decir que las suecas eran mejores, pero a la hora de encontrar razones a sus palabras no encontró otro argumento que la consabida belleza de las suecas. En la piscina de Ernesto ya debía haber al menos un par de palmos de agua, porque el sonido del chorro era ahora mucho más profundo que antes de comer.

Cuando terminó la partida, mi padre bajó el volumen del televisor, se me acercó y, una vez que yo superé el susto por encontrarme de nuevo con esa máscara blanca cubierta por un turbante, me dijo en voz baja:

—¿Tú sabes para qué quiere Ernesto llenar ya la piscina? Para poder limpiar el fondo. Eso es lo que le gusta, no se bañan nunca. ¡Ja, ja, ja! —la risa de mi padre tapó el sonido del agua. Su risa es más fuerte que cualquier chorro o catarata que se pueda imaginar.

Yo quería hablar en serio con mi padre.

—Papá, lee esto —dije entregándole el informe—. No sé qué debo hacer.

—¿Qué es esto, hijo? La última vez que leí tanto me dio una angina de pecho.

—Es un informe médico de Ernesto sobre mis trastornos.

Mi padre me miró. ¿Qué vio en mi cara? ¿Qué leyó en mi mirada? No lo sé, pero algo, puesto que comenzó a leer seriamente. No debía de llevar ni tres líneas cuando su expresión sufrió una súbita transformación. Me asusté. Aquella mueca de dolor... Aquella mueca de dolor resultó ser la carcajada más estruendosa que se recuerda en los confines de nuestra urbanización. A partir de ese instante leer y reír fueron una misma cosa. No había límites para la risa de mi padre, y tengo que reconocer que a partir de un determinado momento tampoco para la mía, ya que no hay nada más contagioso en el mundo que esa carcajada entrecortada de mi padre. Estábamos literalmente retorcidos sobre las sillas. Habría dado la mitad de mi vida con tal de que Ernesto viera lo que para nosotros representaba su informe.

—Mira, mira esto —consiguió decir mi padre, y leyó un fragmento del informe—. «El trastorno en los mecanismos de expresión y comprensión verbal, y el subsiguiente deterioro de las funciones cognitivas, puede llevar, más allá de cualquier forma de parafasia semántica o fonémica, a una afasia severa, global y ya difícilmente reversible. Es triste constatar cómo en esta fase el lenguaje, desconectado por completo de cualquier referente real, se convierte en una jerga vacía de significado, una mera concatenación de expresiones automatizadas, redundantes y reiterativas. No mucho después la expresión oral del enfermo puede verse sumida en trastornos lindantes con la demencia como son —este surtido fue probablemente lo que más gracia le hizo a mi padre— la ecolalia (o repetición mecánica de las palabras de los interlocutores), la palilalia (o repetición rápida de una sílaba o palabra con un descenso progresivo de la intensidad de la voz) y la logoclonía (o repetición espasmódica de una sílaba en medio o al final de una palabra). En la fase clínica final la articulación lingüística propiamente dicha se pierde definitivamente, siendo sustituida por la emisión de sonidos guturales muy básicos y entrecortados, antesala siempre de un temible mutismo terminal, que lejos de vivirse como un silencio tranquilizador, representa el más frustrante desenlace de este proceso».

Mi padre rió un poco más, pero fue perdiendo fuerza. Yo habría preferido que riera eternamente. Cuando se tranquilizó, dijo:

—Este tío es una bendición. Si no existiera, no sé cómo íbamos a divertirnos.

—¿Qué crees que debo hacer, papá?

—¿Qué debes hacer?

—Sí.

—¿Pero a qué te refieres? ¿No estarás preocupado?

—Sí, no sé...

La carcajada de mi padre volvió a sacudirle sobre la silla.

—Rodrigo, si dejas que un matasanos te amargue la vida es que no eres hijo mío. Ernesto es un demente completo, ¿no lo sabes?

—Sí, pero...

—Pero nada.

—¿Y eso del mutismo terminal?

—¿Qué es el mutismo terminal, un nuevo servicio de Telefónica?

—¡No sé lo que es!

—Pues ya está. Don Perfecciones tampoco lo sabe, descuida.

—¿Entonces qué?, ¿tiro el informe y vago mi hida?

—¿Eh?

—Que si tiro... —sentí que todos los órganos vitales se me caían al suelo—. Nada —añadí.

Nos quedamos en silencio. Mis pulmones no tenían fuerza para absorber el aire de mi alrededor. Mi padre tardó un rato en encontrar algo que decir.

—No vamos a partirle las piernas, Rodrigo, es el marido de tu hermana.

Mi padre es tan bruto que consigue hacerte reír hasta en las situaciones más críticas. Me reí mucho, fue inevitable. Afortunadamente, volvía a respirar con normalidad.

Mi padre se levantó y se apretó la bata. Yo consulté mi reloj.

—Tengo que ir a recoger a los niños —dije.

—Bien. Tú déjame a mí, Rodrigo, que ya se me ocurrirá algo. ¿Vale?

—Vale.

Antes de entrar al salón me sujetó del brazo y me dio un abrazo.

—Me cago en la madre que me parió, si ahora resulta que vas a ser tarmatudo, o sea, tartamudo, ja, ja, ja.

Me dio una colleja.

—Voy a pensar algo, tú no te preocupes —y se fue hacia el cuarto de la asistenta.

Salí de casa de mis padres: desconcertado, estimulado, pero, lamentablemente, todavía preocupado.

Por la noche, cuando los niños ya estaban acostados y yo me disponía a apagar las luces del salón, alguien golpeó con los nudillos en la puerta, muy suavemente. Miré por la cristalera de al lado y vi a mi padre moviendo las piernas nerviosamente y vestido con un chándal blanco. Abrí con cierta preocupación.

—¿Qué pasa, papá?

Mi padre miró rápidamente a ambos lados y se arrimó a mi oreja.

—Ya sé lo que vamos a hacer.

—Qué —sonreí.

—Ernesto ya ha terminado de llenar la piscina.

—Ya. ¿Y?

Mi padre no podía contener una sonrisa de enorme satisfacción.

—Se la vamos a vaciar. Es muy fácil, por vasos comunicantes. Su piscina está más alta que la mía, así que voy a conectarlas con una manga y voy a chupar. Vas a ver qué rápido se queda sin agua.

Mi carcajada fue tal que mi padre tuvo que ponerme la mano en la boca para que nadie nos oyera.

—Qué te parece.

—Genial. ¿No se te ocurre nada más bestia?

—¿Más bestia?

—Anda, vete a dormir. Mañana, me cuentas otra.

—Hasta mañana —dijo mi padre, y antes de salir echó una mirada recelosa hacia una sombra en el suelo.

Descubrí que allí estaba Arnold, mordisqueando algún manjar suculento.

—Ya le has dado algo, papá.

—Le he dado una sardina para que no ladre, no es cuestión de despertar a la gente.

Cerré la puerta y me sentí muy agradecido a mi padre. En un día difícil, había conseguido que me acostara de buen humor. Y de mejor humor consiguió que me levantara al día siguiente.

Eran las siete de la mañana cuando los gritos de Ernesto despertaron a todo el vecindario. Por un momento, entre sueños, pensé que Nuria había decidido acabar a cuchilladas con la vida de su marido, lo cual estaría más que justificado, pero no fue así. Pati y yo nos asomamos a la ventana, y vimos a Ernesto dando alaridos y paseando histéricamente en el interior de su piscina vacía. Nuria, en camisón, le observaba desde el borde. No puedo negar que sentí cierta satisfacción al ver aquello, aunque al mismo tiempo considerara preocupante el comportamiento de mi padre, y la dimensión de su perturbación. Nuria debió de aventurar algún comentario tranquilizador, pero a juzgar por la respuesta de Ernesto se ve que no surtió mucho efecto.

—¡CÁLLATE, CARIÑO, HAZ EL FAVOR DE CALLARTE! ¡CÓMO COÑO VA A HABER UNA FUGA SI NO HAY NADA! ¿VES UN AGUJERO? ¿VES UNA GRIETA? ¿VES ALGO? ¡ES IMPOSIBLE QUE SE VACÍE TAN RÁPIDO!

Parece que Nuria aún tuvo valor de añadir algo, aunque nosotros, con la ventana cerrada, no lo oímos. Sí la respuesta.

—¡EL DESAGÜE ESTÁ CERRADO, JODER! ¿TE CREES QUE SOY SUBNORMAL?

Tres horas más tarde, Ernesto descubrió que mi padre tenía la piscina llena. Mi padre me contó que estaba precisamente limpiando el fondo de su piscina, cuando Ernesto llegó en plan Sherlock Holmes preguntando cuándo había llenado él su piscina, que no había oído el chorro del agua en ningún momento. Mi padre le dijo que no le gustaba molestar con el ruido a los vecinos y que por eso la había llenado con una manguera en el fondo. Ernesto no tuvo más remedio que callarse. Yo creo que su limitada inteligencia no era capaz de sospechar siquiera que algo como lo que realmente había ocurrido fuera posible.

Más tarde, cuando yo volví de hacer algunas compras en el centro comercial, mis hijos me asaltaron y me preguntaron que si lo de las catorce sardinas que habían aparecido en el jardín podía tener alguna relación con lo de la piscina de Ernesto. Yo dije que aparentemente no tenía ninguna relación. Después me dijeron que Arnold estaba malo y que se le había puesto la tripa como un balón de rugby. Entonces volví a acordarme del día en que mi padre bajó corriendo los cuatro pisos de casa para que yo no me sintiera solo en el ascensor.

5.

Jugar a las tiendas, a los restaurantes y a las peluquerías son las tres diversiones dominantes de mi hija Belén. En su tienda, que suele instalar junto a la puerta del porche, se pueden encontrar toda clase de objetos, desde una manzana hasta una eurocalculadora, desde un calcetín de muñeca hasta un tubo de pomada disolvente de pelos de gato. Una vez, llegué a encontrar en la tienda de mi hija un puente de tres muelas de mi padre, con sus alambres dorados y sus encías plastificadas. Compré el puente, pagué cincuenta y cinco céntimos y pedí a mi hija que me lo envolviera para regalo, por supuesto. En la tienda de Belén las cosas tienen el precio que tú les pongas, y el dinero es tan invisible como intangible (es sólo un gesto de las manos, un movimiento rápido de los dedos sobre la diminuta palma de una mano infantil). Eso sí, todo lo que se compra se envuelve para regalo, ya sea una lata de fabada o una revista de Médicos sin Fronteras.

Cuando le entregué a mi padre el regalo de su trozo de dentadura me dijo, muy ofendido, que eso no era suyo, que sus puentes eran mucho más grandes. Cogí el puente con la punta de dos dedos y busqué a mi hija para pedirle explicaciones. La encontré vendiéndole sal y pan rallado a Estrella, nuestra asistenta extremeña. Estrella pesa más de ciento cincuenta kilos y, aunque parece su madre, es hermana de Luz, la última asistenta de mis padres, esa a la que mi padre asedia sin parar. Estrella es tan grande que cuando se le ocurre pasar la aspiradora al pasillo de arriba tengo que esperar al menos diez minutos para salir de mi habitación. Es como un gran tapón imposible de rebasar. Un día que llegué tarde al trabajo se me ocurrió explicar que Estrella y su aspiradora habían sido la causa y todo el mundo se rió de mí. Pero yo sé que con el sonido de la aspiradora es imposible que Estrella me oiga, y que si se me ocurriera darle un toquecito en la espalda para avisarla, el susto que se llevaría sería proporcional a su tamaño y seguramente yo lamentaría durante mucho tiempo el terrible esfuerzo que supondría arrastrarla por el pasillo y la escalera, llevarla al garaje y montarla en el coche camino de urgencias.

—Papá —dijo Belén—, qué quieres comprar.

—Quiero comprar a Estrella —dije—, para que pueda seguir haciéndonos la comida.

Estrella ni siquiera sonrió. Es así. Sólo se ríe cuando alguien se cae al suelo, o llega a casa empapado y sin paraguas, o cuando te ve en pijama por la mañana y te da la noticia de que algún famoso se ha muerto. El día de la muerte de Lady Di, llegué a pensar que ella era su única heredera.

—Estrella no se puede comprar, papá —dijo Belén—. ¿No ves que no tengo tanto papel de regalo?

Tampoco ahora Estrella encontró motivo de risa. Cogió su bote de sal y su bote de pan rallado y se fue a hacer pechugas Villaroy con patatas paja, su especialidad. Entonces le pregunté a mi hija por el trozo de dentadura que me había vendido y ella me aseguró que Arnold lo había sacado de la basura de los vecinos alemanes que vivían enfrente. Mi expresión de asco no impresionó lo más mínimo a mi hija. Cogí las asquerosas muelas en su envoltorio y salí a la calle. Tras un extraño recorrido, el puente alemán, llamémoslo así, acababa en el cubo de basura de la acera contraria, el nuestro, aunque ahora protegido con un frasco de cristal para que el felino Arnold no pudiera ahondar más en sus extrañas perversiones. De nuevo en casa, mi hija me dijo que los botes de cristal no se tiraban a la basura, que había que reciclarlos, y yo le dije que no sabía si los botes se reciclaban o no, pero que estaba seguro de que las dentaduras de los ciudadanos alemanes no se reciclaban.

He contado todo esto porque el día después de que mi padre le vaciara la piscina a Ernesto, Pati y yo estuvimos de compras en el centro de Madrid con los niños y volvimos a casa con tantas bolsas y chismes absolutamente inservibles que, en seguida, tuve una sensación muy parecida a la que tengo cuando le compro a mi hija doscientas fruslerías absurdas y doblo el pasillo cargado con ellas. La diferencia está en que en el caso de mi hija, pasados treinta segundos, puedo devolverle absolutamente todo lo que le he comprado (de hecho, debo devolvérselo para que pueda seguir vendiéndoselo a otros clientes, ya sea yo u otra persona quien los represente), mientras que en la vida real esto resulta un poco más difícil. La verdad es que la política de mercado de Belén, que es muy inteligente, no está basada en la idea de que la gente compre lo que necesite, sino que la gente compre por el mero hecho de comprar, porque comprar es divertido, y vender, no digamos. Aunque pueda parecer una tontería esto es muy importante: mi opinión es que en realidad casi nada de lo que compramos lo necesitamos, pero que sólo nos damos cuenta de eso cuando estamos en casa y comprobamos que no queremos para nada otros zapatos de entretiempo, otro *set* de velas con forma de barca, u otro dinosaurio de goma tamaño persona. Pienso que sería bueno que hubiera más tiendas como la de mi hija para saciar nuestro consumismo compulsivo: compras un objeto, durante un rato te haces la ilusión de que es tuyo (que es lo importante), y antes de que te dé tiempo a despreciarlo (por feo, inservible y aparatoso) lo devuelves. Lo que ya veo menos aplicable es el modelo de transacción monetaria que practicamos Belén y yo: sinceramente, no creo que en ningún comercio de Madrid acepten como moneda de cambio esa fugaz caricia de los dedos sobre la palma de la mano.

El hecho es que al llegar a casa sacamos de las bolsas todo lo que habíamos comprado en el centro, lo cual, hay que reconocerlo, fue muy meritorio, porque muchas veces abandonamos las bolsas en cualquier esquina de la casa y podemos estar varios meses sin mirar lo que hay dentro. Luego retiramos las bolsas de nuestra vista y nos pusimos todos a leer libros con avidez. Bueno, no fue exactamente así, pero por un momento me ha hecho ilusión pensar que nuestra familia se parece a la del escritor Sánchez Dragó o a la de alguien así. En realidad, yo me dediqué a ver un rato la televisión y a reflexionar sobre los acontecimientos ocurridos en los últimos días. Es difícil de explicar, pero la verdad es que el vaciado de la piscina de Ernesto, magistralmente ejecutado por mi padre, había tenido sobre mí un extraordinario poder relajante. La comicidad de ese acontecimiento me había devuelto con sencillez a la vida cotidiana, un mundo y un barrio de sucesos tan gratificantes, intrascendentes y alegres como un disparatado trasvase entre piscinas. Me daba igual saber que acaso era fóbico y parafásico: ahora encontraba en la piscina llena de mi padre —en su cara de satisfacción mientras le pasaba el limpiafondos— la paz suficiente para saber que mis afecciones no se manifestarían más, que estarían siempre por debajo de la multitud de situaciones que van poblando cada minuto de nuestra vida familiar, y que en el caso de manifestarse no recibirían por mi parte ni un ápice de atención. Me sentía como una tetera de *ice packing* avanzando suavemente sobre el hielo, mientras extrañas escobas accionadas por finlandesas me despejaban el camino de cuantos problemas pudieran interponerse.

En lo referente a la tragedia personal de Ernesto con su piscina no hubo grandes novedades. Ernesto ordenó hacer una revisión de las paredes (revisión que, como todos los años, ya había hecho él antes de llenar la piscina por primera vez) y también del circuito de depuración, desde el sumidero y los *skimers,* hasta la bomba y los filtros. Yo observé atentamente todos los movimientos de los técnicos desde la ventana de mi habitación y las reacciones airadas de Ernesto cuando los técnicos sugirieron, como ya hiciera Nuria en su momento, que quizá Ernesto hubiera dejado el desagüe abierto, pues era ésa la única explicación que hallaban para una fuga, aparte de injustificada, demasiado veloz.

Por mi parte, una vez que las aguas volvieron a su cauce, es decir, una vez que Ernesto, no sin una manifiesta indignación, decidió llenar de nuevo su piscina, tomé la firme decisión de alejarme definitivamente del psiquiatra, apartarle de mis pensamientos en la medida de lo posible. Si tenía que saludarle porque me cruzara con él en la calle o porque viniera a pedirnos nuestro rastrillo, lo haría, pero de esa forma en que se saluda a un vecino o incluso a un cuñado, amistosa y superficialmente. Ya está. Nada de psiquiatría. No aceptaría una sola palabra en ese sentido. El asunto estaba zanjado. Mi relación psiquiátrica con el doctor López Adelantado había terminado tras su traicionero informe.

Ahora los trenes de mi maqueta volvían a circular. Estrella seguía preparando pechugas Villaroy una vez a la semana. Pati vendía marcos. Marcos se hacía heridas en las rodillas y se arrancaba las costras. Los guepardos y los armadillos mantenían sus ritmos dispares. Belén cerraba otra vez su tienda y abría un restaurante. El repartidor de periódicos, fiel a sus costumbres, seguía acertando con el charco que se hace entre las dos hortensias (lo que no es fácil, porque requiere lanzar el periódico con una técnica especial para que bote en el suelo y luego coja efecto hacia la derecha). El exhibicionista hacía alguna que otra intervención en el pinar. La facturación de Germán Montalvo en el último mes alcanzaba cifras históricas. Las finlandesas volvían a derrotar a las suecas y a las noruegas. Todo se sucedía sin orden, ni motivo ninguno para el desorden.

Hasta que ocurrió de nuevo.

Fue una mañana de sábado. Los niños habían ido a pasar el día al parque de atracciones y Pati aprovechó para ir a la peluquería. Hacía tan buen día que decidí no ser menos que Ernesto y Nuria, ponerme el bañador, y salir al porche a tomar el sol. La verdad es que lo de tomar el sol no me gusta mucho, pero era el primer día realmente bueno de la temporada y me hizo ilusión quitarme la ropa, quedarme con la piel al aire, y disfrutar de la sensación de ociosidad que se tiene cuando vas por la casa descalzo y en bañador. Ernesto y Nuria llevaban desde las nueve de la mañana inmolándose en su jardín, quiero decir insolándose, rojos como guindillas colocadas en paralelo. Los aceites que se embadurnaban por el cuerpo brillaban a través del seto y, lo que es peor, emanaban aromas de coco y de berenjena. Me tumbé en una *chaise-longue*. Las tablas se me clavaban en la espalda.

Sólo llevaba dos minutos al sol cuando la piel empezó a picarme y a sudar, y la cabeza a dolerme de tanto apretar los ojos para que la luz no me deslumbrara a través de los párpados. Me di cuenta de que podría necesitar ciertas cosas para tomar el sol, y la perspectiva de buscarlas se ofrecía como un plan viable y bastante más atractivo que aquel calvario. Al cabo de un rato de caminar descalzo y airear mi cuerpo, había recolectado unas gafas de sol, un cojín para la cabeza, una novela de Agatha Christie, la revista-muestrario de una tienda de electrodomésticos, un vaso bien lleno de coca-cola con hielos y una enorme bolsa de pipas de girasol que Pati había comprado dos días antes. Lo llevaba todo apilado en las manos, pero aún me faltaba una cosa: el sombrero. Dudaba si ir a dejar las cosas en la *chaise-longue* o seguir buscando con ellas en las manos. Este tipo de dudas me asaltan con frecuencia. A veces, cuando quitamos la mesa después de cenar, calculo el número de platos y vasos que me caben en las manos, para hacer la menor cantidad posible de viajes a la cocina. El caso es que esta vez decidí ser una persona sensata, dejarlo todo en la *chaise-longue,* y seguir buscando el sombrero con las manos vacías.

Busqué en el dormitorio, en los armarios del pasillo, en las habitaciones de los niños, en el cuarto del tren, en la despensa, en el garaje. Abrí la puerta del cuarto de la caldera, el aparador del salón y el cesto del porche. El sombrero no estaba en ningún lado, definitivamente había desaparecido. Entonces me acordé del armario del recibidor. Era la única posibilidad que quedaba, y, ciertamente, bastante probable. Abrí la puerta de la derecha y me dejé sorprender por mi imagen en el espejo, un cuerpo desnudo y descalzo dentro de un bañador. Pero vaya cuerpo; resultaba desolador. Era como un esqueleto recubierto de una piel rosácea y traslúcida. Después de llevar todo el invierno camuflado bajo sucesivas capas de ropa aquello fue muy triste, ver mi cuerpo atravesando el bañador con menos gracia que un belga cantando sevillanas.

Aparté como pude la vista del espejo. En el maletero del armario no parecía haber sombreros de ningún tipo. Sólo cajas y más cajas de cartón. Intenté ver qué había sobre el módulo de cajones de abajo, pero las innumerables chaquetas me impedían hacerlo. Metí el brazo entre dos chaquetas y desplacé la mitad de ellas con fuerza hacia la izquierda. Entonces la vi. Juro que estaba allí. Era la chaqueta de Ernesto. Los botones. Las galletas. Los rabos de conejo. Ajena a todo cuanto ocurría en el mundo, la chaqueta había permanecido en el armario un montón de días, desde que mi mujer la aislara allí el día del cumpleaños de Belén. Y había decidido salir a la luz precisamente ahora, conmigo desnudo, indefenso, solo en casa. La verdad es que me pareció un poco sospechoso que Ernesto no hubiera vuelto a acordarse de su chaqueta, pero preferí no darle más vueltas a eso. Retiré el brazo con lentitud, como quien deja de acariciar a un animal enfermo y me quedé observando la chaqueta. No podía dejar de mirarla, en serio. Es como cuando Raphael sale cantando en la tele, que es imposible apartar la mirada aunque te estén horrorizando cada uno de sus histriónicos movimientos. Ahora me pasaba lo mismo, pero el dramatismo de este enfrentamiento era cien mil veces más intenso. La chaqueta y yo. Yo y los botones. Cara a cara. Desnudos, solos, sin intermediarios. Dos presencias tan contrarias y tan fuertes que la repulsión se convierte en atracción y la atracción se convierte en perversión.

Seguí observando. La chaqueta de Ernesto estaba rodeada de otras muchas chaquetas colgadas de sus perchas en la misma barra. Estaban todas en fila, todas esperando la ocasión de acoplar su forma a alguna espalda humana y caliente. Una espera larga, difícil, oscura y anónima, porque pocas veces se abría el armario, pocas veces una mano corría las perchas y dotaba de vida y relleno a alguna de aquellas pacientes prendas. Pero ahora había ocurrido. Un brazo, un movimiento, una chaqueta cuyo creador debería estar detenido, o colgado a oscuras en un armario como aquél.

Levanté de nuevo mi brazo y saqué la chaqueta del armario. Sin pensarlo, me la presenté delante del cuerpo y me miré en el espejo. Era realmente siniestro. Pero introduje un brazo por una manga y me puse la chaqueta y hasta me la abroché. Yo no soy fóbico a los botones, empecé a pensar. Yo no tengo fobia a los botones, empecé a decirme. A mí los botones no me afectan lo más mínimo, puedo mirarlos y tocarlos y acariciarlos y hasta chuparlos si hiciera falta. Qué chaqueta más maravillosa, me dije. Cómo me gusta sentir sobre mi piel el roce de su extraño tejido y la caricia de sus botones peludos, pensé. Qué fácil es conseguir las cosas cuando te lo propones, pensé también.

Ahora estábamos unidos. Era como si la chaqueta me abrazara a mí y yo me dejara abrazar y existiera constancia de aquel idilio atroz en el espejo de la puerta del armario del recibidor de mi casa. No me salieron salpullidos ni tuve náuseas ni nada parecido. Simplemente me sentí fuerte y valiente y más entero de lo que me había sentido en mucho tiempo. Sentía que —yo solo— había sido capaz de ganar una batalla y anular los efectos de aquel montón de lana y botones. Presa de un extraño mandato interior, me había decantado por la terapia de choque, el contacto directo de la chaqueta sobre mi torso desnudo, y había funcionado. Lo extraño fue que cuando me quité la chaqueta, tras la situación vivida de tensión extrema, empecé a sentir un extraño vacío, no tanto en el exterior de la piel desnuda como en algún lugar de mi interior, y esta sensación se acentuó cuando colgué de nuevo la chaqueta y cerré el armario.

Decidí salir de nuevo al porche y continuar tomando el sol, aunque fuera sin sombrero. Pero no tardé en darme cuenta de que tomar el sol no me apetecía realmente nada. Cuando subí a mi habitación para vestirme, pasé junto al armario cerrado del recibidor y pensé en la chaqueta, y aunque seguía dominado por esa sensación de vacío en mi interior, no me atreví ya a plantearme, siquiera como posibilidad, la idea de volver a abrir el armario: seguramente nunca más me atrevería a hacerlo. Todo lo sucedido minutos atrás quedaría almacenado difusamente en algún lugar recóndito de mi memoria, entre ensoñaciones y mitos, tal y como ocurre con las experiencias más prohibidas y también más intensas, aquellas que con el tiempo uno se niega a aceptar. La perversa experiencia botonera quedaría guardada tras sucesivas puertas, y algo en mí se negaba a volver a abrirlas.

Me vestí y me quedé sentado sobre la cama. Pati llegó cuarenta minutos después y me encontró sentado en la misma posición.

Al verme, me besó.

—Hola, cariño, te veo muy activo.

Traté de disimular y dije, mientras me ataba los zapatos:

—Nah, o, he esdato motando el sol un rache en el porto.

En ese momento me odié a mí mismo con todas mis fuerzas, por dejar que algo así me sucediera. Y también por menospreciar el poder de aquella prenda fatal.

—Servicio de asistencia psicológica de la doctora Asunción Montesa, ¿en qué puedo ayudarle? —dijo al otro lado del teléfono una voz dulce y pausada.

—Pues, a ver, no sé por dónde empezar —estaba tratando de tranquilizarme—. Me llamo Rodrigo, no sé si eso es importante, quiero decir, que no sé si usted necesita mis datos, o simplemente...

—Dígame, ¿es la primera vez que se pone en contacto con nosotros?

—Sí, sí.

—¿Hay alguien con usted ahora mismo, o llama usted solo?

—No, estoy yo solo.

—¿Ha comentado con alguna persona su intención de llamar a este servicio?

—No, no, de verdad —con tanta pregunta me sentía ya muy culpable—, es que he visto el anuncio en las páginas amarillas y he pensado...

—Y antes de esta llamada, ¿ha ido alguna vez a un psicólogo o psiquiatra?

—Sí, bueno, pero... mire, es que en el anuncio dice que ustedes...

—Dígame cuál es su problema.

—¿Mi problema? Bueno, verá, yo en realidad soy una persona perfectamente normal, claro...

—Todos somos normales —dijo la voz, con una dulzura exagerada.

—Ya.

—¿Usted piensa que las personas que van al psicólogo no son normales?

—No, si yo no digo eso.

—Perdone, a lo mejor le he malinterpretado.

—No se preocupe, estoy un poco nervioso.

—Ya, tranquilo, relájese. Me decía usted que se considera una persona normal.

—Bueno, sí, pero supongo que entonces se preguntará usted por qué la he llamado.

—¿Por qué me ha llamado?

—Ésa es una buena pregunta —dije de inmediato.

La doctora Montesa soltó una carcajada que desatascó los cables telefónicos. La verdad es que yo no había pretendido ser particularmente gracioso, pero me gustó oír la risa de aquella mujer. Le expliqué cuál era el motivo de mi llamada, que se habían revelado en mí unas reacciones anormales frente a los botones y un extraño desorden lingüístico que no acababa de comprender pero que no estaba dispuesto a aceptar por más tiempo.

—Rodrigo —me dijo entonces la doctora. Ya sé que esto es una tontería pero juro que al oír aquella voz femenina pronunciando mi nombre tuve la impresión de estar hablando con mi amante—. ¿Quiere que nos veamos?

—¿Vernos personalmente?

—Sí.

—¿Sí?

—Sí.

—Bueno, ¿por qué no?

—¿Conoce la calle Gaztambide?

—Sí, claro, ¿es su casa?

La doctora volvió a reír.

—Gaztambide, 63, casi esquina con Donoso Cortés, allí tengo la consulta.

—Ah, vale, espere, que lo apunto... Perdone, ¿eso no está al lado de la iglesia de Santa Rita?

—Sí, justo.

—Anda, qué gracia, ¿sabe que ésa es la iglesia donde nos casamos mi mujer y yo?

—¿Ah, sí? Allí fue el funeral de mi padre también.

—Vaya, lo siento, no sabía que...

—No se preocupe, no pasa nada. O sea, que usted se casó allí.

Me quedé un momento callado, la verdad es que todo me parecía muy extraño.

—¿Rodrigo?

—Sí, sí, perdone, estaba pensando que la iglesia era muy triste y que cuando Pati y yo nos casamos pensé que aquél era el lugar perfecto para celebrar funerales. La doctora sonrió nasalmente.

—No sé si usted está casada —dije ahora—, pero en el caso de estarlo prefiero que no me diga dónde lo hizo, porque mi padre no se ha muerto e imaginarme el lugar donde podría ser su funeral me da muchísima pena. La verdad es que era simpática esta mujer. No hacía más que reírse con las cosas que yo decía. Acordamos la hora de la cita, para la mañana de dos días después, y nos despedimos con unos cuantos arrumacos. Bueno, no tanto. Colgué el teléfono y caminé eufórico de un lado a otro del salón. Me alegraba muchísimo de haber dado aquel paso. La doctora Montesa curaría para siempre las enfermedades que el perturbado de Ernesto había sembrado laboriosamente en mi interior. Estaba tan contento que fui a casa de mi padre a contarle que iba a ir a una psicóloga y que era encantadora y que realmente aquella mujer no tenía nada que ver con Don Perfecciones. Mi padre me dijo que le parecía formidable, pero que le dejara en paz.

—Hoy me he tomado el día libre —me dijo—. Anoche estuve viendo unas películas de vídeo y me han dejado baldado.

Cuando pasé por delante de la casa de Ernesto pensé en llamar al telefonillo y, para máxima deshonra de mi vecino, contarle mis novedades. Pero no lo hice. No iba a equivocarme más veces. El psiquiatra Ernesto no enturbiaría mi última e intocable conquista. Entré en casa, cogí el coche y me fui a trabajar. En el trayecto escuché un disco de Phil Collins que me encantaba.

Ese mismo día, al final de la tarde, ocurrió algo maravilloso, aunque también triste. Fue uno de esos acontecimientos capaces de reconciliarte con la humanidad entera, y también con los habitantes del Parque Conde de Orgaz, que, desde mi punto de vista, no forman parte de la humanidad. Después de la cena me senté en el sofá y observé cómo Marcos y Belén, con el pijama ya los dos, le daban a Arnold la pomada disolvente de pelos. El sabor de la pomada le gusta tanto al gato, que en cuanto mis hijos le enseñaron el tubo, se puso a maullar y a subirse por las paredes. Marcos destapó el tubo y mientras lo iba apretando, Arnold, sobre dos patas, chupaba directamente de la embocadura. Belén, como siempre, observó el proceso estupefacta.

En ese momento, una voz en la calle nos sobrecogió:

—¡Seeexooo!

Todos nos miramos extrañados. ¿Qué era aquello? ¿Qué clase de perturbado iba voceando eso por la calle? Pensé que como reivindicación no estaba mal, pero ¿no era un poco extraña la elección del momento y el lugar, a las nueve de la noche en una apartada calle de nuestra solitaria urbanización?

—¡Seeexooo! —había algo desgarrado en aquella proclama, algo realmente descorazonador.

—¿Qué pasa, papá? —me preguntó Belén asustada.

—Nada, hija, nada —dije al tiempo que me levantaba del sofá.

Abrí el cerrojo de la puerta.

—Cariño —dijo Pati desde la puerta de la cocina—, ¿dónde vas?

—Voy a ver quién grita.

—Ten cuidado —dijo Pati, y observé que mi mujer y mis hijos envolvían mis movimientos con un silencio de respeto, admiración y temor.

Abrí la puerta y Arnold salió disparado entre mis pies para ver qué demonios ocurría. Por mi parte saqué la cabeza y miré a ambos lados de la calle. Descubrí que un hombre bajaba caminando por el centro de la calzada y que de vez en cuando, a modo de altavoz, se llevaba las manos a la boca.

—¡Seeexooo!

Antes de que pudiera darme cuenta, Marcos estaba pegado a la pernera de mi pantalón y miraba también hacia la calle. Fue él quien entendió lo que estaba sucediendo:

—Es Lope de Vega, papá, es Lope de Vega, está buscando a su perro.

Francisco Lope de Vega es el vecino más extraño de todos los que viven en nuestra urbanización. Fue compañero de clase de mi hermana Nuria, y en el colegio fue siempre un personaje muy conocido, ya que era el principal traficante de revistas y cómics porno. Yo le conocí en esa época (entiéndaseme, todos hemos sido adolescentes alguna vez) y la verdad es que me reía bastante con él. Cuando ibas a pedirle alguna revista siempre aprovechaba para contarte chistes verdes, se sabía muchísimos, era como una metralleta de contar chistes verdes. Ahora, con el paso del tiempo, no puede decirse que Lope de Vega haya cambiado demasiado: cuando te encuentras con él en el centro comercial es incapaz de mantener una conversación coherente, y le digas lo que le digas, él acaba siempre hablándote de lo mismo, y contándote un par de docenas de chistes, algunos nuevos, y otros tan viejos como él. Mi opinión es que si Lope de Vega habla tanto de estas cosas es por no hablar de otras, pero en fin, no voy a ser yo quien me ponga ahora en plan psiquiatra o psicólogo o lo que sea.

Mi hermana Nuria odia a Francisco Lope de Vega y dice que siempre quería meterle mano en clase y que ese chico debería estar internado en un psiquiátrico. La verdad es que Lope de Vega nunca ha tenido mucho éxito con las chicas y vive todavía con sus padres. Su mayor entretenimiento parece ser el de pasear a su perro Sexo, un Rolden Getriever encantador, por todas las calles de la urbanización, aunque mi hermana Nuria insiste en relacionar al pobre Lope de Vega con los casos de exhibicionismo que se producen en el pinar. Hay mucha gente que piensa así en el Parque Conde de Orgaz, pero a mí ésa es una discusión que no me interesa ni lo más mínimo. No sé si a Lope de Vega le va eso del exhibicionismo, lo que sé es que el colmo de su felicidad se produjo aquella noche, cuando, perdido el perro, pudo poner toda su alma, sus fuerzas y sus cuerdas vocales en la palabra sexo, y vocearla sin escrúpulos por cada calle del Parque Conde de Orgaz, la urbanización más bienpensante que pueda conocerse en nuestra ciudad. Pienso que, en realidad, desde que bautizó a su perro, Lope de Vega había esperado este momento con fervor, aunque, dado el sincero amor que le profesaba, no pudiera reconocerlo.

—¡Seeexooo!

Salimos los cuatro a interrogar a Lope de Vega. La verdad es que aquélla se antojaba una situación divertida que no había por qué desaprovechar. Llegados a la calzada, cogí a Belén en brazos y pregunté:

—Qué hay, Francisco. ¿Se ha perdido Sexo?

Lope de Vega vestía siempre Lacostes de más de quince mil pesetas y elegantísimas gorras de Burberry. Sus padres por lo visto eran nobles y no les faltaba el dinero.

—Llevo dos horas buscándole —dijo, y luego añadió en voz más baja—: Yo creo que está con alguna perra, tenía ganas de...

—Ya —interrumpí como pude, y pretendí que Lope de Vega captara mi furtiva mirada a los niños—, han sido mis hijos los que se han dado cuenta de que era tu perro.

Lope de Vega no se dio por aludido y dijo:

—Yo entiendo al animal. Si a mí me pasara lo mismo, me volvería loco.

Por supuesto que ya estaba arrepentidísimo de haber salido con los niños a hablar con este elemento. Me di cuenta de que Pati pensaba lo mismo.

—Que tengas suerte, Francisco —dije, girándome para casa—. Si vemos a Sexo, te avisaremos.

Lope de Vega siguió su camino calle abajo.

—¡Seeexooo!

Le observamos irse desde la puerta de casa. Cuando íbamos a entrar, una gota me cayó en el hombro. Pensé, en este orden, en las siguientes posibilidades: que Arnold se hubiera subido al tejado y hubiera decidido orinarse en mi hombro, que Arnold se hubiera subido al tejado y hubiera decidido escupir en mi hombro, o que Arnold se hubiera subido al tejado y hubiera decidido defecarse en mi hombro. Pero no acerté. La gota era una lágrima de mi hija, a la que yo llevaba a caballo, y que al parecer no podía soportar la idea de que Sexo se hubiera perdido y ella no pudiera acudir en su búsqueda. Marcos, dispuesto a hacer cualquier cosa menos dormir, se apuntó en seguida a la reivindicación de su hermana, y Pati y yo tuvimos que hacer esfuerzos descomunales para convencerles de que había que acostarse y que ésas no eran horas para andar buscando a un perro. Conseguimos tranquilizarles: Pati apagó la luz de la habitación de Belén y yo la de la habitación de Marcos. Después, nosotros también nos acostamos y esperamos en silencio la llegada del sexo, quiero decir, del sueño. Eran las 11.03 cuando apagamos la luz. A las 11.07 sonó otra vez:

—¡Seeexooo!

Maldije al imbécil de Lope de Vega, que no nos iba a dejar dormir en toda la noche, y que tarde o temprano despertaría a mis hijos.

—¡Seeexooo!

—Hay más gente —dijo Pati muy risueña. Oí que se bajaba de la cama y fui tras ella.

Nos asomamos a la ventana del baño, que daba a la calle. Los padres de Lope de Vega, sus dos criadas, el chófer y el jardinero pasaban por delante de nuestra casa y no parecían tener ningún pudor a la hora de gritar también ellos la palabra sexo.

—Mamá —dijo Belén desde la ventana de su cuarto—, yo quiero ir con ellos.

—Sí, sí, vamos, por favor —dijo Marcos desde la suya, y antes de que Pati y yo pudiéramos siquiera rechistar un poco, nuestros hijos ya estaban en la puerta de casa con las zapatillas puestas.

Salimos los cuatro a la calle, y comenzamos a andar. Pati dijo que esto era una locura, pero que se alegraba de que los niños pudieran tener experiencias como éstas que recordarían toda la vida. En seguida dimos alcance al grupo de los padres de Lope de Vega, que nos acogieron con enorme gratitud. Entonces, todos al unísono, nos desgañitamos en un solo grito:

—¡Seeexooo!

¡Qué extraño bienestar me recorrió el cuerpo!

Yo gritaba «¡Seeexooo!», Pati gritaba «¡Seeexooo!», Marcos y Belén gritaban «¡Seeexooo!».

Era como si una gran maraña de cuerdas hubiera ocupado mi interior hasta entonces, y ahora estuviera deshaciéndose de una sola vez. Como si alguien hubiera echado la madeja al fuego y delicadamente ésta se hubiera convertido en algo etéreo e intangible. «¡Seeexooo!» Todos habíamos pasado de estar encerrados en casa y encerrados en nosotros mismos, a caminar ligeramente y proclamar el sexo a los cuatros vientos. En este contexto, el optimismo resultó la única actitud posible.

Al poco, algunos de nuestros vecinos empezaron a unírsenos. El primero fue mi padre, por supuesto, que no podía desaprovechar una oportunidad como aquélla, pero luego fueron otros muchos vecinos solidarios que, como nosotros, sintieron una punzada de pena por el destino del perro Sexo, y, al mismo tiempo, una puerta abierta hacia algo parecido al libertinaje.

Buscamos durante más de dos horas por toda la urbanización. En algunos momentos nos dividimos en pequeños grupos. En otros, nos mantuvimos unidos. Dio igual. Sexo no apareció. Después de que nosotros nos retiráramos a casa, Lope de Vega siguió buscando durante al menos dos horas más, pero tampoco tuvo suerte. Más allá de esto, el placer que nos reportó gritar de aquella manera la palabra sexo resultará difícil de superar. «¡Seeexooo!» Podía ser yo parafásico, podía tener extrañas reacciones ante las apariciones alevosas de los botones, pero en el mundo aún quedaba algo vivo, un grupo de personas extraordinarias buscando al perro Sexo a medianoche. Esa palabra, ese grito me devolvían con esperanza al mundo de las personas y las cosas, más aún de lo que ya lo había hecho la risueña doctora Montesa.

6.

Reconozco que cuando algo me obsesiona puedo darle muchísimas vueltas. Una de las cosas que más me ha obsesionado en los últimos tiempos es la diferencia que existe entre los psicólogos y los psiquiatras, que nunca ha estado clara para mí. Me dicen que los psiquiatras son médicos y los psicólogos no, que los psiquiatras recetan medicinas y los psicólogos no. Muy bien. Mi pregunta en ese caso es: ¿para qué existen entonces los psicólogos, si resulta que los psiquiatras son más completos? Un psicólogo, para defenderse, me explicó que los psiquiatras lo arreglan todo con pastillas. Me dijo que para los psiquiatras lo importante es el cerebro, y que sólo saben resolver los problemas dándole compuestos químicos al cerebro. Yo le dije que tampoco me parecía mala solución, pero él me dijo que la única manera de resolver verdaderamente los problemas es con psicoterapia, que lo importante no es el cerebro sino la mente y que de hecho a un psicólogo no le importa si pensamos con el cerebro o con el páncreas. Esto sí que me pareció realmente extraño. Si a un psicólogo se le ocurre decirme que yo pienso con el páncreas, puedo asegurar que le responderé alguna ordinariez, en el caso de que tenga ganas de decir ordinarieces, que ahora no es el caso.

Yo creo que los psiquiatras tienen razón en darle importancia al cerebro, porque si no tuviéramos cerebro no pensaríamos, ni sentiríamos emociones, ni padeceríamos enfermedades mentales. Lo que pasa es que también se puede ver al revés y decir que si no pensáramos no tendríamos cerebro. Otro psicólogo distinto, al que puse al corriente de mis disertaciones, me dijo que la razón por la que las piedras no tienen cerebro es porque no piensan, y ésa me pareció una afirmación muy curiosa. No sé, es todo muy raro. Seguramente sea más fructífero preguntarse por qué los psiquiatras y psicólogos se llaman de esa manera tan rara, por qué los dos encabezan su nombre con las letras p-s-i, que es una combinación tan incómoda como sospechosa. Es como si con su propio nombre ya te estuvieran mandando callar: ¡¡Pssss!! ¡¡Pssss!!

Acudí puntual a mi cita con la doctora Montesa. Antes de llegar a su portal pasé por delante de la iglesia de Santa Rita, donde Pati y yo nos habíamos casado y donde Montesa hizo el funeral de su padre. Pero decidí no entrar. Primero, porque no tenía tiempo, y segundo, porque sentí respeto, una especie de pudor por violar aquel espacio que en cierto modo nos vinculaba a la doctora y a mí, y que guardaba algunas de nuestras vivencias más íntimas, ya desperdigadas y mezcladas como dos nubes de polvo en las bóvedas de la iglesia.

La doctora Asunción Montesa resultó ser una mujer joven pero de cara muy arrugada y delgada, con el cuello envuelto en veinte fulares indios, y con un aliento a tabaco que dejaba en evidencia al más potente de los ambientadores que hubiera en el mercado.

—¡¡¡Rodrigo!!! —dijo nada más verme, con un entusiasmo exultante que me desbordaba. Parecía que yo fuera un hermano suyo que llevaba siete meses en una cárcel de la India o algo así. No sé ni por qué supo que era yo—. Pasa, pasa —me dijo, y mientras yo entraba al recibidor, la doctora aprovechó para quitarse un par de horquillas del pelo y para anudarse mejor su colección de fulares en el cuello. Debía de pensar que con el pelo suelto y los fulares en posición estaba más guapa, o más atractiva, o más profesional.

Me dejó sentado en un pequeño sofá que había junto a la puerta, en el recibidor de tres metros cuadrados. Para mi sorpresa, y también decepción, no tuve que pasar a ningún despacho. Fue el despacho en sí mismo —es decir, la doctora Montesa armada con un boli Bic y un portafolios— el que vino a mí. La doctora y yo mantuvimos una insustancial conversación sobre mi estado de salud. Después me miró las pupilas, comprobó la movilidad de mis manos y me hizo caminar por la habitación (es decir, dar un paso y medio, pues no había espacio para más). Sólo un par de llamadas telefónicas en la habitación de al lado, a las que la propia doctora acudió a responder con la misma voz dulce y melosa que ya me dirigiera a mí dos días antes, interrumpieron nuestra conversación. Al oírla, pensé que su simpatía telefónica era bastante postiza, pero preferí tener paciencia. Finalmente dio su diagnóstico:

—Verás, Rodrigo —desde el primer momento me tuteó y me llamó por mi nombre—, las sustituciones erróneas de unas sílabas o palabras por otras pueden observarse ocasionalmente en los hablantes normales, sin necesidad de que hablemos de parafasia.

—Ya, eso es lo que yo pienso —dije, y en aquel momento consideré que la doctora Montesa era una extraordinaria profesional en su materia, aunque oliera a tabaco.

—Pero cuando se producen de la manera en que me has descrito, con una gran vinculación a posibles fobias o episodios de alteración emocional, entonces estamos hablando de una patología más severa que debemos tratar.

—Pienso que ése no es mi caso, doctora.

—Tu opinión es muy importante, Rodrigo, y aquí siempre será escuchada, pero te recuerdo que la especialista soy yo —definitivamente la doctora Montesa pertenecía a la misma especie que mi cuñado Ernesto, por mucho que ella no fuera psiquiatra, sino psicóloga, y a veces más simpática.

A continuación habló con un tono melodramático:

—Debemos analizar detenidamente tu caso. Hay muchos tipos de parafasia, y muchas posibles causas inductoras. El tratamiento será sencillo. Se trata de desmontar un poco tu sistema emocional y ver qué se cuece ahí dentro.

Me miró a los ojos. Yo estaba tratando de concentrarme para mantener la frialdad.

—¿Quieres pasar al gabinete?

—¿Perdón?

—Digamos que ésta sólo ha sido una toma de contacto, Rodrigo. Si estás dispuesto a iniciar el tratamiento, podemos instalarnos más cómodos en el gabinete.

Reflexioné un instante. Desde luego el sistema de la doctora Montesa no podía ser más extraño. Parecía tener dividida su consulta en zonas muy diferenciadas, como si fuera un parque temático.

—Bien —dije poniéndome de pie—, o sea que he superado la prueba.

La doctora rió abiertamente, de esa manera que yo ya conocía tan bien. Tenía los dientes marrones por el tabaco. Me adentré detrás de ella en el nivel 2, consciente, por supuesto, de todo lo que esto podía implicar: por una parte, que ya no había marcha atrás, que quedaba expuesto a las tarifas que ella tuviera a bien aplicarme; por otra, que la intimidad entre nosotros crecía, y que acaso hubiera otros muchos niveles posteriores a éste.

El gabinete, como cabía imaginar después de ver el recibidor, tampoco era la bomba. Era cuatro veces más pequeño que el de Ernesto, y allí no había plantas y el suelo era de sintasol y no de parqué, y la luz natural era tan escasa que había que encender la lámpara del techo. Yo creo que todas estas cosas son muy malas para una consulta psicológica. De entrada debería estar prohibida la combinación de luz natural y luz eléctrica, porque a mi parecer es algo que fomenta enormemente la tristeza. Encender la luz cuando es de día es como no estar en ningún sitio concreto y en ningún momento concreto, ni dentro ni fuera, ni de día ni de noche, como estar de paso y provisional, y esperando algo mejor. En definitiva, es como vivir en un primer piso interior, que es lo que le pasaba a la doctora Montesa, o como estar viendo uno de esos pósters en color que se han vuelto amarillos por el paso del tiempo. Bueno, en realidad esto último lo digo porque la doctora Montesa tenía pegada en la pared una gran foto de una ciudad llena de mezquitas, yo creo que era Estambul, y la foto estaba ya vieja y descolorida, como si durante mucho tiempo le hubiera dado el sol, no allí dentro, desde luego, sino en algún lugar donde eso fuera posible. La verdad es que aquello se parecía más a una agencia de viajes subdesarrollada que a otra cosa. O también al despacho de un comisario turco.

La doctora Montesa me hizo sentarme delante de su mesa y dijo que se iba a buscar una carpeta para abrirme un dossier. Yo seguí observando a mi alrededor. El sintasol del suelo se levantaba en varios lugares y hacía grandes burbujas que se hundían al pisarlas. La ventana, que quedaba a mi derecha y era ciertamente pequeña, tenía una carpintería de madera bastante vieja y despintada, y los cristales se habían limpiado en forma oval, es decir, el trapo jamás había llegado a las esquinas. A través de la ventana se veía el patio de vecinos, andamiado por completo, y a un par de obreros trabajando en él. Después de mirar por la ventana, la foto de Estambul parecía más descolorida y la luz eléctrica más eléctrica. La mesa de la doctora era de metal azulado, como una especie de escritorio de un funcionario de los años sesenta. Deseé —y por algún extraño mecanismo mental adquirí el convencimiento de que sería así— que la doctora Montesa fuera una magnífica psicóloga, lo mismo que en las películas los mejores abogados son los que tienen el despacho más desordenado.

—No sabes cómo me alegro de tu decisión, Rodrigo —dijo al sentarse enfrente de mí, ahora muy sonriente, yo diría que casi emocionada—, es estupendo. ¿Sabes?, esta iniciativa tuya, todos los esfuerzos que vas a hacer son decisivos en tu curación. Lo que los demás podemos hacer por ti es nada, una cosita de nada, si lo comparamos con lo que tú mismo puedes hacer por ti.

Esta reflexión me pareció poco apropiada para una persona que, como poco, va a cobrarte sesenta euros por sesión, pero preferí callarme, claro. La doctora dejó la carpeta para mi dossier sobre la mesa y en el transcurso de toda la sesión no osó en ningún momento abrirla: evidentemente no tenía nada que hacer en ella.

—Bueno, cuéntame con detalle.

—¿El qué? —dije, pues consideraba que la doctora ya estaba de sobra al corriente de mi situación.

—Cuéntame lo que no me has contado, hay cosas que te guardas.

La doctora Montesa se estaba haciendo la experta, eso está claro. No tenía ganas de discutir, así que le conté lo de mi episodio con la chaqueta de Ernesto delante del armario, y la extraña sensación que me dominó después, previa al lamentable ataque de parafasia que me dio con Pati. Ante su insistencia comencé a tutearla, qué remedio. Ella me dijo que todo era comprensible, y que no debía preocuparme, que era algo normal, y que, si no me importaba, quería que le contara algunas cosas y le respondiera a algunas preguntas.

Entonces miró un momento por la ventana a los albañiles que estaban trabajando en el andamio del patio. Como no decía nada, yo también miré por la ventana. Los albañiles estaban pintando algunos círculos blancos en ciertos lugares de la fachada, no sé muy bien para qué, pero la verdad es que resultaba bastante divertido verles.

—Háblame de tu infancia, Rodrigo.

—¿Qué?

—Quiero que me mires a mí y cuentes algo de cuando eras niño, cómo eras, qué cosas te gustaba hacer, lo que sea.

—¿Lo que sea?

—Sí.

—Pero... para qué, no sé, me gustaría que investigaras en mi parafasia, pero gastar el tiempo en hablar de la infancia, no sé, a mí no me preocupa si la sesión queda un poco más corta de lo normal.

La doctora no dijo nada. Me miraba fijamente, dulcemente, con una leve sonrisa, como dejando que cualquier posible respuesta a mi comentario saliera de mí mismo. Ésta es una de las cosas que deben enseñar a todos los psiquiatras y psicólogos, lo de mirar al paciente sin decir nada, lo de dejarte en evidencia en cuanto pueden, lo de pretender que su papel sea lo más limitado posible y todos los aprendizajes los haga el paciente por sí mismo. En fin. A mí me parece un recurso muy cómodo para aquellas situaciones en que no sabes qué decir o no tienes ganas de trabajar. La verdad es que la doctora Montesa empezaba a parecerme algo enigmática, y eso, para una persona como yo, es bastante grave. Tengo la teoría de que las personas enigmáticas sólo pueden serlo por dos motivos:

o porque son tontas, o porque no saben nada de sí mismas. Es decir, o porque no tienen nada que enseñar, o porque si lo tienen no saben cómo descubrirlo.

Pero de repente la doctora Montesa consiguió sorprenderme. Se puso de pie y salió de la habitación sin decir nada. Al cabo de un par de minutos trajo una bandeja con una infusión, dos tazas y unas pastas macrobióticas. Dejó la bandeja encima de la mesa y volvió a irse. La infusión me enviaba seductores aromas a hierbabuena, aunque un poco empalagosos. Entonces llegó del pasillo una especie de música árabe y por un momento temí que la doctora fuera a hacerme la danza de los siete velos, o en su caso, de los siete fulares. Pero no fue así. Vino con un taburete y dejó la puerta abierta para que pudiéramos oír la música. Colocó el taburete a mi lado y puso la bandeja de la infusión sobre él. Muy sonriente, casi coqueta, diría yo, me dijo:

—¿Te importa que me siente a tu lado?

—No, no, tiénsate, claro —dije, sin salir de mi asombro.

Cogió su silla del otro lado de la mesa y la trajo enfrente de la mía. Cuando estaba a punto de sentarse pareció acordarse de una última cosa. Fue a la ventana y bajó un estor de mimbre y la luz natural de la habitación se esfumó casi por completo. Luego se acercó a una esquina de su gabinete, y luego a la otra, y encendió sendas lamparillas de papel que estaban directamente colocadas sobre el suelo. Tengo que reconocer que la iluminación se transformó por completo, y ello también transformó la habitación. Creo que por un momento tuve ganas de ser hippy y que la doctora y yo nos sentáramos en el suelo y compartiéramos una de esas pipas llenas de marihuana o no sé qué. Supe que acabábamos de adentrarnos en el nivel 3.

—Vamos a estar relajados —dijo la doctora cuando finalmente se sentó—. Tienes que estar completamente a gusto, y si algo te incomoda, aunque sea un poco, me lo dices. Esto es té con hierbabuena y éstas son pastas de centeno. ¿Te apetece?

—Bueno, venga, por qué no —dije, con una espontaneidad que a mí mismo me sorprendió.

Mientras Montesa me servía el té pensé que aquélla era una situación de lo más extraña y que en realidad sí que me incomodaba bastante. No me incomodaba por nada en concreto, pues lo cierto es que empezaba a estar a gusto allí, sino por una absurda sensación de culpabilidad que empezó a dominarme. Aquella intimidad que la doctora me había impuesto me resultaba grata, pero al mismo tiempo me acongojaba y me avergonzaba. Pensaba que si la pobre Pati, que no tenía ni idea de esta visita, me descubriera en aquel momento, se sentiría fatal, como si en cierto modo la estuviera traicionando, como si compartir un té y unas cuantas intimidades con un psicólogo fuera el más grave acto de adulterio.

—Tienes diez años. Dime cómo eres.

Saboreé un poco el té. Estaba dulce y rico, y me dejé llevar. Probablemente no me quedaba más remedio.

—Me acuerdo de las manzanas caramelizadas del colegio, no sé por qué me acuerdo de esto, pero cuando me has dicho que tengo diez años me ha venido de pronto a la cabeza la imagen de esas manzanas atravesadas por un palo y recubiertas de una capa de caramelo rojo. Las vendía un señor en la puerta de mi colegio.

La doctora estaba a punto de encenderse un pitillo y simplemente asintió.

—Todos los días, al salir del colegio a las cinco de la tarde, yo me acercaba al señor de las manzanas y le compraba una. El señor sólo venía un par de semanas al año, porque luego todos nos cansábamos de las manzanas y las acabábamos tirando después de comernos el caramelo. Recuerdo un día que me faltaban cinco pesetas para la manzana y fui a pedírselas a mi hermana Nuria, que es dos años menor que yo. Ella estaba con unas amigas y todas empezaron a cuchichear y a reírse de mi afición a aquellas manzanas. Yo era mayor que ellas, pero las niñas son así y consiguieron que me sintiera ridículo. Al final, cuando ya no quería saber nada de las malditas manzanas, la madre de otro niño me compró una. Camino de casa, Nuria y sus amigas siguieron riéndose de mí, y entonces, sin pensármelo dos veces, agarré fuerte el palo de mi manzana y le di tal manzanazo a Nuria en la cabeza que casi le hago sangre.

Al contar aquello me entraron unas enormes ganas de reír y la doctora Montesa también se rió conmigo. Parecíamos dos buenos amigos compartiendo un té en Estambul. Di otro sorbo de mi taza.

—Hacía muchos años que no me acordaba de esas manzanas. La verdad es que era una mezcla bastante extraña, porque lo de comer manzana con caramelo no pegaba mucho. Pero eran tan rojas que ninguno podíamos resistir la tentación.

—¿Qué hizo tu hermana?

—Ah, se lió a empujones conmigo, mientras sus amigas me insultaban y me llamaban bestia. Por mi parte, me eché a llorar. No por lo que había hecho a Nuria, o porque ella me agrediera, sino porque ver la manzana destrozada en el suelo me daba muchísima pena.

La doctora Montesa asintió. Aquello empezaba a parecerle interesante. Daba vueltas al pitillo sobre el plato de su taza de té, quitándole la ceniza, lo cual me pareció bastante guarro.

—¿Te gustaría volver a ser niño, lo echas de menos?

—¿Ser niño? No lo había pensado, creo que no.

—¿Crees que entonces eras feliz, a los ocho, a los diez, a los doce años?

—Sí, supongo que sí, creo que ni siquiera me lo planteaba.

—¡¡Eh!! —gritó de pronto la Montesa doctora enseñándome las palmas de las manos y poniéndose de pie como una exhalación. Me pegó un susto terrible. Por un momento pensé que se había equivocado y en lugar de té estábamos bebiendo limpiasuelos o algo así, y sólo ahora se había dado cuenta. Volvió a sentarse—. ¿Quieres decir que ahora sí que te lo planteas, que ahora sí que te preguntas si eres feliz?

—Eh, hombre, es una manera de verlo, pero tampoco te creas que...

—Escucha bien tus palabras, Rodrigo, nuestro lenguaje es revelador, muchas veces descubre infinidad de cosas que ni siquiera nosotros mismos sabemos. Has dicho «ni siquiera me lo planteaba», y eso sólo lo puede decir alguien que después se lo ha planteado alguna vez.

Me encogí de hombros. Aquello ya no se parecía tanto a una conversación de amigos. En todo caso se parecía a una de esas conversaciones de amigos en que uno de los dos quiere tener la razón todo el rato.

—¿Qué le pides a la vida, Rodrigo, a qué aspiras?

—Bueno, yo de momento lo único que le pido es estar bien, que se me pase esta maldita parafasia.

—Ya, pero en general, qué es lo que quieres conseguir en tu vida.

—Bueno, sí, supongo que ser feliz, como todo el mundo.

—¿Y crees que lo eres?

—Pues sí, la verdad, si consigo que nadie me dé la lata me considero muy feliz con mis cosas, mi trabajo...

—Pero sientes que te falta algo, verdad —qué manera de mirarme, en serio, parecía que quería hipnotizarme con los ojos—. Rodrigo, alguien que se plantea si es feliz, alguien que evoca la infancia como tú lo has hecho, alguien que permanentemente duda sobre su estado de salud, no es feliz, no, no lo es.

Ahora ya estaba empezando a tocarme las narices.

—Si eso es lo que piensas —dije—, yo no me voy a poner a discutirlo. De verdad que lo único que me importa es lo del luengaje y todo eso, y no creo que hablar ahora de la fecilidad sea lo más importante, te lo digo de buen rollo, eh.

Se quedó mirándome en silencio, otra vez. Qué gente más enervante, acaban poniéndote al borde del ataque. Y mientras tanto el tío ese cantando en árabe por el pasillo.

—También podemos hablar de Estambul —dije, señalando el póster—, pero yo no he venido hasta aquí para...

—Es Marrakech.

—Bueno, pues peor me lo pones.

—Tranquilízate, Rodrigo, no resolveremos nunca tus problemas si no escarbamos un poco en tu interior.

—¡Y después de escarbar qué hacemos, joder! ¿No puedes darme algo que me tique esta dierma de parafasia?

—Soy psicóloga, Rodrigo, no esperes que te recete una pastilla ni nada así. Has venido aquí para hablar conmigo. Mira, es pronto para sacar conclusiones, pero te voy a decir lo que pienso.

Apagó el cigarro en el plato y echó el humo hacia arriba.

—Tacha la palabra felicidad, bórrala de tu vocabulario, no puede hacerte más que daño. No debes aspirar a la felicidad, Rodrigo, cometes un error si esperas que

todo sea perfecto en cada momento, si constantemente
te preguntas si estás bien, si comparas tu vida actual con
otros momentos de tu vida —ni siquiera intenté decir
nada. La doctora Montesa había entrado en una especie
de trance del que era inútil querer sacarla—. No sé si lo
quieres reconocer, pero sé que te haces esta pregunta, Rodrigo: «¿Cómo era antes yo?, ¿voy a volver a ser tan feliz
como cuando era niño?». Nunca, nunca debes preguntarte esto, nunca debes pensar que cada cosa que vives ya
es imposible volverla a vivir, nunca debes recrearte en la
fugacidad de las cosas, porque no sirve de nada. Me ha parecido esclarecedor lo que has contado de la manzana. Tú
lloraste al ver la manzana destrozada en el suelo, y esa imagen ha persistido grabada en tu memoria por encima de
otra cualquiera, porque en el fondo significa mucho para
ti, porque te hubiera gustado que esa manzana permane-
ciera para siempre en tu mano, que no se acabara nunca,
que las cosas buenas no se acaben jamás para dar paso a las
malas. Vive, Rodrigo, vive hacia delante, eso es lo único
que tienes que hacer, vivir, y de esa manera serás feliz,
porque tienes todos los ingredientes para serlo, en realidad todo el mundo los tiene. Pero si te obsesionas con
ser feliz, entonces serás infeliz, porque te darás cuenta de
que siempre te falta algo, que nunca es todo perfecto, que
nunca es todo como tú querrías que fuera, que siempre hay
cosas tristes que recordar y cosas tristes que temer, y que
tarde o temprano sucederán y tú sabes que sucederán.
¿Cuántas veces te preguntas al día si estás bien, si te encuentras bien? No lo hagas. Nunca más lo hagas. Reconozco perfectamente a una persona con depresión: es la
persona que se hace permanentemente esa pregunta.

Dios. Estoy en condiciones de afirmar que aquélla
fue, hasta ese momento, la experiencia más traumática de
mi vida. Sinceramente pienso que yo no merecía aquello.

¿Depresión? La depresión me iba a entrar de un momento a otro si alguien no subía el estor y me daba al menos la oportunidad de ver a dos seres humanos, los albañiles del andamio, que me permitieran olvidar por un momento a la dulce y perturbada gata Montesa. ¡Pero qué imaginación tenía aquella mujer! ¿Le soltaría a todo el mundo el mismo rollo, o acaso yo le había parecido la víctima perfecta para descargar sobre mí todas sus amarguras?

—La verdad es que ahora mismo no me encuentro muy bien —dije poniéndome de pie—, y le aseguro que no necesito preguntarme nada para saberlo —fue inconsciente, pero volví a tratarla de usted. De golpe me había precipitado en el nivel 0.

—Es normal. Tenemos que seguir trabajando en esta línea, Rodrigo. Espero no haber resultado muy dura, pero prefiero hablar con claridad desde el primer momento, que los dos sepamos de qué hablamos.

—Dígame qué le debo, por favor —dije, y tras pagar a la doctora salí despavorido de su consulta.

Cogí el coche y conduje por las calles de la ciudad. Mejor dicho, conduje por los atascos de la ciudad. Soltaba el embrague, aceleraba, andaba diez metros y volvía a frenar. El túnel de María de Molina se me hizo eterno. Tragué más humo que un fumador pasivo, que al parecer son las personas que más humo tragan en el mundo.

En medio del atasco, como no tenía nada mejor que hacer, me dediqué a pensar en la doctora Montesa, o a desahogarme mentalmente contra ella. La verdad es que me parecía indignante que dijera esas cosas que decía. La pobre debía de estar muy enferma, pero yo no tenía la culpa. Sus frases iban de aquí allá en el interior de mi cabeza, rebotaban entre las paredes acolchadas como un eco pesado e imposible de controlar: que no debía preguntarme si mi vida actual era igual de feliz que la vida que tuve de niño; que no debía preguntarme si era feliz, o si era posible ser feliz con todas las cosas tristes que podía recordar y todas las cosas tristes y dolorosas que tarde o temprano tendría que padecer; que seguramente cada experiencia que viviera nunca más volvería a vivirla, porque habría pasado para siempre; que a lo mejor mis hijos estaban haciéndose ya demasiado mayores y pronto tendría que dejar de disfrutar de ellos; que la máxima felicidad y la máxima tristeza estaban sólo a un pensamiento de distancia; que quizá la felicidad no era compatible con ese nudo que ahora tenía en el estómago y esa parafasia que me atenazaba la lengua y los labios; que probablemente el hecho de pensar todas estas cosas, y considerarlas más de lo debido, estaba anunciando una depresión incipiente...

Estaba parado delante del último semáforo en rojo. Imaginé el momento en que la luz verde se encendía: me imaginé acelerando por la autopista hasta casa, parando a comprar mediasnoches en el centro comercial y haciendo una visita sorpresa a Pati en su tienda. De repente todas estas actividades me hicieron mucha ilusión. Pero me duró poco, no más de dos segundos. Era extraño darse cuenta de lo gratuito que es lo que sentimos por ciertas cosas, lo caprichosas y frágiles que pueden resultar nuestras esperanzas. ¿Qué había cambiado en mí, qué leve e incomprensible cosquilleo en el estómago me hacía transformar las ilusiones más intrascendentes en interrogantes enormes sobre el sentido de todas las cosas? ¿Era posible seguir teniendo ilusión por la llegada del fin de semana o llenarse de gozo al recordar la cara que se le quedó a Ernesto cuando mi padre le vació la piscina? ¿Era posible eludir todo lo que uno sabe, todo lo que uno ha oído, todo lo que uno supone, todo lo que uno teme? ¿Era posible olvidar un punto de vista tan fatal como el que la doctora Montesa había tenido a bien revelarme? Hay cosas que basta con pensarlas una vez para no poder olvidarlas nunca.

Cuando estaba atravesando nuestra urbanización, una visión edificante me sacó de mi embobamiento. Era mi padre con su chándal blanco quien caminaba por aquellas calles alejadas de casa y se asomaba con descaro a cada uno de los jardines. Me paré a su lado. Ver la sonrisa de satisfacción de mi padre al encontrarme me produjo un placer casi equiparable a todo el dolor que me estaban causando mis meditaciones. Al lado de esa expresión apretada en los labios y la frente, el mundo de la psiquiatría y de las enfermedades quedaba como algo atrozmente grosero. Mi padre se acercó a la ventanilla del coche:

—Estoy buscando a Sexo —habían pasado ya dos días desde la desaparición del perro de Lope de Vega, y, según yo tenía entendido, las redadas de búsqueda se interrumpieron la noche anterior—. Ese chico necesita que le ayudemos. Está afectadísimo. No come, no descansa, busca al perro día y noche sin parar.

—Es la hora de comer, papá, ¿te acerco a casa? —dije fríamente, supongo que para disimular mi emoción interior.

—No, no, tengo un bocadillo —mi padre sacó un bocadillo del bolsillo del chándal. Al hacerlo, una foto se le cayó al suelo—. Ah, mira, es Sexo.

Me enseñó la foto del perro, un Golden Retriever, color canela, de pelo largo y delgado. Parecía un perro simpático. En lugar de collar llevaba una gran soga roja atada al cuello. En la parte inferior de la foto aparecía el mensaje de «Se busca» junto a los datos de Sexo, la dirección de Lope de Vega y un texto en el que se informaba de que existía una recompensa de ciento cincuenta euros para aquella persona que diera alguna pista definitiva sobre el paradero del perro.

Me fui a casa. El encuentro con mi padre había sido para mí como una ráfaga de aire renovador. Sin embargo, doscientos metros más adelante, un poco antes de llegar a la plazoleta, paré el coche. La imagen de mi padre buscando a Sexo había conseguido emocionarme. Sólo de pensar en él, con su chándal blanco, buscando al perro... Me dieron ganas de llorar. Aquel hombre era capaz de dedicar todo un día a la búsqueda de un perro al que ni siquiera conocía, pero por el que, gracias a su peculiar nombre y a su peculiar dueño, sentía una enorme simpatía. Verdaderamente, mi padre era una persona maravillosa.

Arranqué de nuevo y subí por Sobradiel. Sólo cuando oí los ladridos de Arnold en lo alto de su columna, entendí que aquélla era mi casa y que era yo quien volvía.

Entonces empezó uno de los periodos más delirantes de mi vida. En realidad, el más delirante. Durante días, semanas, estuve yendo a diversos especialistas cuyo fin primordial, más que la curación de mi parafasia o de las oleadas de infelicidad que la doctora Montesa había sembrado en mi pensamiento, parecía ser la búsqueda de la originalidad absoluta. Ahora es muy fácil pensar que me tenía que haber quedado en casa y haber dejado que los trastornos se resolvieran por sí mismos. Desde luego que habría sido lo mejor, pero también habría sido lo mejor que Nuria no se casara con el psiquiatra Ernesto, y lo hizo. El caso es que cuando Pati detectó mi situación de franco declive (cuando me vio preocupado, pensativo y bastante parafásico), decidió tomar las riendas en el asunto y buscarme algunos especialistas que, por motivos que se me escapan, conocía.

En primer lugar hice una visita escalonada a tres psicólogos muy distintos, y lo que cada uno de ellos me dijo fue, por este orden:

1) que en su vida había visto a nadie tan nervioso y que tenía que empezar a tomar algún tranquilizante,

2) que debía irme a mi casa y olvidarme definitivamente de todas esas tonterías,

3) que debía cambiar de cultura y aprender de los movimientos de los elefantes.

En lo único que coincidieron los tres fue en que tenía que poner algo de mi parte, pero por mucho que intenté poner de mi parte no supe, sinceramente, a qué atenerme con tal disparidad de criterios.

El siguiente —de esto me enteré más tarde— resultó ser una eminencia de la psiquiatría en España, y como todas las eminencias, tenía más de ochenta años, le temblaba el pulso un horror, y el labio inferior, siempre mojado y brillante, le arrastraba hasta la altura de la cintura. Le quitó toda importancia a lo que le conté, lo cual está muy bien, pero, por una razón u otra, él también fue incapaz de mejorar mi estado. En esto puede que tuviera algo que ver su ilegible caligrafía. Era increíble. No levantaba el boli del papel ni cuando cambiaba de línea. Sus frases se parecían más a líneas rectas que a ninguna otra cosa. Me recetó un par de medicinas, muy suaves según él, pero cuando las pedí en la farmacia, ni siquiera la farmacéutica supo descifrar aquella letra de sismógrafo. Fue el padre de la farmacéutica, que también tenía más de ochenta años y que también debía de ser una eminencia, quien aseguró entender lo que allí ponía, aunque sin duda fracasó, porque las ampollas que me mandó, aparte de llenarme el cuerpo de calenturas, no produjeron ningún efecto en mi organismo.

Tampoco me extraña mucho, la verdad. En Estados Unidos hay dos mil muertos al año por culpa de la caligrafía de los médicos. Lo que no dice la estadística es si entre esos dos mil muertos están incluidos los propios médicos asesinados por los familiares de los pacientes afectados. Personalmente pienso que la asignatura de caligrafía debería ser obligatoria en las escuelas de medicina. Me gustaría saber qué pensarían los médicos si los arquitectos de sus casas dejaran las formas desdibujadas en los proyectos, y los cálculos de cargas resultaran ilegibles para todo el mundo, incluido el constructor.

El caso es que después de esta eminencia, y de alguna otra, mi situación era cada vez más desesperante. Estaba nervioso e irritable. No jugaba con los niños, en el trabajo apenas me comunicaba con los empleados y Pati me reprochaba que siempre le respondía de mala manera. Psicólogo tras psicólogo, psiquiatra tras psiquiatra, la bola había ido creciendo sin parar. Uno puede tener un dolor en el pecho —es un ejemplo— y al día siguiente olvidarse con cierta facilidad de él. Pero si uno tiene un dolor en el pecho y va a diez médicos distintos y cada uno le dice una cosa distinta y ninguno es capaz de solucionarle nada, entonces es realmente imposible que se olvide de ese maldito dolor en el pecho, que parece agravarse cada día y que terminará convirtiéndose en una terrorífica obsesión.

Pues eso es lo que pasó. En realidad era difícil explicar a los demás cuál era mi problema en concreto, pero a nadie escapaba que yo no estaba bien. Todas esas personas que están cerca de mí en la vida habitual, tanto los muy queridos como algunos menos queridos, se enteraron de que había estado acudiendo sin éxito a diversos especialistas, y entonces quisieron ayudarme. Son esa clase de ayudas tan generosas que siempre tratan de entenderte, que se ponen en tu lugar, y que para hacerlo te hablan durante varias horas seguidas de los problemas (igualitos a los tuyos) que ellos padecieron durante larguísimos periodos, y que finalmente, cuando crees que realmente van a hacer algo por ti te dicen, como gran aportación a la historia de la psicología, que tienes que poner algo de tu parte. Pues bien, esas maravillosas ayudas son las que dos días después te cogen del cuello y te obligan a que vayas a alguna clase de especialista sublime que te va a resolver tu problema, sea cual sea tu problema, sea cual sea el precio del especialista, sean cuales sean las ganas que tú tengas de ir a un especialista (un especialista tan sumamente especializado, que resulta que en su especialidad sólo existe otro especialista en el mundo, su mujer, que le ayuda en la consulta).

Éstas fueron las ayudas. Carolina, una de las socias de Pati en la tienda de marcos, me recomendó un naturópata. Mi madre insistió para que fuera a un acupuntor que a ella le había dejado la espalda nueva. Myriam, la otra socia de Pati, había oído hablar de un centro de hipnosis estupendo, y allí acabé yo. Mi madre contraatacó con un masajista, y me aseguró que a su amiga Beatrice le curó una depresión de cinco años. Pati consideró que todos los males venían de la alimentación y me llevó a un dietista. Lo de la homeopatía creo que vino por parte de la madre de Javier, el mejor amigo de Marcos. Finalmente mi padre utilizó sus influencias para conseguirme hora con un célebre curandero cuya lista de espera superaba los tres años.

La verdad es que yo estaba muy agradecido por estas colaboraciones, y deposité toda mi confianza en cada uno de mis seres queridos y en cada uno de los especialistas que me atendieron. Mi confianza y mi fe, toda la fe que me quedaba: nunca se sabe por dónde puede llegar la solución de los problemas, sobre todo si son tan raros como éstos. El naturópata me dijo que tenía que comer salvado de trigo, algas marinas, cebada, levadura de cerveza y zumo de frutas con su propia pulpa. Yo le pregunté que si él nunca había comido en un Burger King y el hombre, con escaso sentido del humor, no pareció tomárselo muy bien. El acupuntor resultó ser una persona extraña, con una cantidad generosa de neuronas, pero todas ellas desconectadas. Estaba orgullosísimo de clavarme agujas sin hacerme daño, pero no iba más allá de eso, y lo de resolverme algún problema que yo pudiera tener no entraba para nada en sus planes. Debo reconocer que yo también consideré un éxito salir sano y salvo de allí, pero claro, no era a eso a lo que había ido. De la hipnosis en sí no guardo ningún recuerdo. Sí de lo que ocurría antes, que el hipnotizador me hablaba con una voz muy relajante, y de lo que ocurría después, que la secretaria me entregaba la factura de cien euros. El masajista me dejó inútil para cualquier clase de movimiento durante al menos una semana y la dietista fue capaz de enseñarme en todas sus dimensiones el significado de la palabra hambre. Adelgacé tres kilos en dos días (lo cual me dejó realmente en los huesos) y decidí incrementar mi colaboración mensual con la ONG Ayuda en Acción. La homeopatía resultó demasiado complicada y, la verdad, llegó en un momento en el que mi hastío comenzaba a anular cualquier posible ejercicio de paciencia o buena fe. Decían que no había que tocar las bolitas con las manos: yo las manoseaba hasta casi derretirlas; decían que había que tomar la dosis exacta: yo tomaba cinco veces más, a ver si así hacía algo de efecto.

Por último visité al célebre curandero de Majadahonda. Él, con una barba espesa y encanecida, y su mujer, con el pelo del mismo color que la barba de él, nos recibieron a mi padre y a mí en el salón de su chalecito. Nos invitaron a café mientras yo exponía mi caso relajadamente. Unos minutos después el curandero me dijo que pasáramos a su sala. Supuse que iba a hacerme alguna clase de inspección. Mi padre y la mujer del curandero se quedaron en el salón. El curandero cerró la puerta y me dio un gran abrazo fraternal. Pasó los brazos por encima de mis hombros y me apretó con fuerza. Su cabeza estaba pegada a la mía, y los pelos duros de su barba se me clavaban en las orejas y el cuello. Como no me pareció adecuado quedarme rígido como un palo, pasé mis brazos por debajo de los suyos y le apreté en la espalda con las palmas de las manos extendidas, pensando que así tendría más efecto su abrazo. Imaginé que en el cuarto de al lado, mi padre y la mujer del curandero estarían haciendo otro tanto, aunque supuse que ellos lo disfrutarían más. El abrazo duró varios minutos, o al menos eso me pareció a mí. De pronto el curandero dio por finalizada la sesión y mi padre y yo nos volvimos a casa tan contentos. Siempre es preferible que te den abrazos a que te claven agujas por todo el cuerpo. Curar a la gente, ésa ya es otra historia.

Por supuesto que hubo nuevos intentos de mis seres más cercanos para ayudarme. Pero yo ya había tenido suficiente y me negué. Me negué a bailar mis *chakras* —así se llamaban mis centros de energía, según mi madre— en un poderoso sistema de crecimiento personal; me negué a apuntarme a un taller de felicidad (ya sólo el nombre me producía una desazón bastante infeliz); y me negué a ponerme en manos de un terapeuta holístico, que al parecer iba a desarrollar mi autoestima y a potenciar mi identidad, además de trabajar en espejo, que no sé lo que es.

Mi situación tras tanto fracaso empezó a ser crítica. Estaba completamente desconcertado y fuera de mí. Por primera vez en mi vida analizaba mis comportamientos y mis sensaciones desde un punto de vista externo. Cuando orinaba por las noches en algún arbusto del jardín, sentía que yo mismo estaba al margen de aquel personaje en medio de la noche, que el hecho de estar vivo y la manera de estarlo podía ser analizada y juzgada con frialdad. Por primera vez consideraba la posibilidad de que la vida tuviera un sentido o careciera de él. Estaba realmente enfermo. La depresión galopante que la doctora Montesa me insufló concienzudamente con cada uno de sus comentarios estaba empezando a hacer estragos en mi sistema nervioso. Fuera por lo que fuera, yo ya no podía decir que era una persona feliz. Era infeliz. Probablemente lo había sido siempre, pero ahora me daba cuenta.

Cuando Marcos, Belén y yo montábamos en bici por el pinar, yo no dejaba de tener presente mi malestar y me daba cuenta de lo distintos que eran los tiempos pasados, cuando cualquier actividad con mis hijos era motivo de una alegría infinita e ingenua. Ahora había algo indefinible en mi interior, una pregunta abierta, simple y llana, pero cuya respuesta ya nunca podría ser limpia o desprejuiciada. La pregunta era: ¿estoy bien?

A esta pregunta solía añadírsele otra no menos dañina: ¿y Ernesto? ¿Está mejor o peor que yo?

7.

Desde que tomo pastillas para los nervios duermo muy profunda y prolongadamente. Duermo tanto y tan intensamente que cuando me despierto me asusto, porque no sé dónde estoy, no conozco a esa mujer que está tumbada a mi lado, ni los grabados que cuelgan de la pared de enfrente; me miro las manos y esas uñas no son mías ni de nadie, porque en realidad tampoco sé quién soy yo, ni qué cara tengo, ni qué se espera de mí en los próximos minutos y en la vida entera; cuando miro el reloj en mi muñeca las agujas están colocadas en varios sitios a la vez y nadie me ha enseñado todavía a leer la hora en un reloj.

Últimamente poner un solo despertador no me basta, ni poner dos tampoco, aunque los dos tengan activada la función *Snooze* y suenen por periodos de treinta segundos cada cinco minutos. Últimamente he tenido que tomar una decisión drástica para conseguir despertarme por las mañanas. Lo que hago, cada noche, es esconder los despertadores en el cajón de mi mesilla y cerrarlo con llave. Entonces bajo al piso de abajo y en algún lugar de la cocina o del salón (nunca el mismo sitio) escondo la llave. A la mañana siguiente, cuando empiezan a sonar los despertadores de forma perseverante, no tengo más remedio que salir de la cama y medio sonámbulo bajar al piso de abajo y tratar de recordar dónde demonios escondí anoche la llave de la mesilla donde se encuentran los despertadores. Para cuando llego arriba con la llave y apago los despertadores, evidentemente estoy lo suficientemente despierto para meterme ya en la ducha.

Algunos días, cuando busco la llave de la mesilla por la cocina y el salón, Estrella, que llega a casa a las siete de la mañana, me tiene que ayudar a buscarla. Yo creo que Estrella todavía no acaba de entender por qué me ocurre esto cada mañana y siempre me dice que si yo dejara la llave en el mismo sitio ella podría subírmela a la hora que yo le dijera. Estrella es así.

Las pastillas para los nervios las empecé a tomar no porque casi todos los psiquiatras me insistieran mucho en ello, sino porque Pati me insistió en ello hasta unos extremos difíciles de aguantar. La verdad es que tras mi desafortunada visita a la doctora Montesa-Fulares, y la subsiguiente retahíla de psiquiatras, psicólogos y demás dementes que visité, llevaba una buena temporada teniendo serios problemas para dormir. Meterme en la cama era quedarme solo conmigo mismo y pensar, pensar, pensar. Cuantas más vueltas daba en la cama más nervioso estaba y más pensaba. Mi opinión es que todo lo que uno piensa porque no puede dormirse no debería pensarlo nunca. Son pensamientos de más, los desechos resultantes del pensamiento diurno, todo lo que nuestra mente activa no ha querido pensar y ahora, con tanto tiempo a su disposición, se ve obligada a utilizar. No lo sé: esta misma idea se me ocurrió en una noche de insomnio, o sea que tampoco sé si es muy válida.

El caso es que Pati, que se debió de cansar de que cada vez que me daba la vuelta le diera un rodillazo en el estómago o un codazo en el pómulo, tomó cartas en el asunto y me obligó una buena mañana a que le entregara alguna de las recetas que los psiquiatras me habían dado. Aunque se las di, le dije que antes me quemaba a lo bonzo que tomarme algo que hubiera mandado uno de aquellos personajes que tanto hastío habían terminado produciéndome, pero a juzgar por la expresión que puso mi mujer no debí de colocar ni dos sílabas en su sitio. Esa misma noche, antes de acostarnos, Pati se presentó en el dormitorio con un vaso de agua y con una pastilla. Me dijo que me la tomara y que si no me la tomaba se quedaría allí de pie hasta que me la tomara y que si tenía que estarse toda la noche esperando le importaba un rábano. Ya dije que mi hijo Marcos tiene la personalidad de los guepardos, y mi hija Belén la de los armadillos, pero se me olvidó decir que mi mujer Pati tiene la personalidad de los rinocerontes y cuando se le mete una idea en la cabeza más vale que te apartes de su camino. Me tomé la pastilla, claro, y hasta me habría tomado la caja entera con tal de no tener que soportar la presencia de aquel rinoceronte enfurruñado en la habitación.

Ésta fue la manera en que empecé a tomar las pastillas para los nervios que los psiquiatras me recetaron para quitarme el nerviosismo que ellos mismos me producían. A partir de ese día dormí más profundamente de lo que lo había hecho en toda mi vida. Nadie sabe lo maravilloso que puede resultar eso de meterte en la cama y quedarte dormido al instante, sin tener ocasión de pensar tonterías sobre tu vida o sobre tu estado de salud o sobre lo extraña que resulta una palabra cualquiera (por ejemplo, la palabra «felicidad»).

Mi cuñado Ernesto volvió a aparecer en mi vida el día que Nuria y él nos dieron la noticia. Fue todo muy extraño. Una tarde, al parecer, Nuria y Pati se encontraron en el centro comercial Arturo Soria Plaza, lo que, siendo el centro comercial Arturo Soria Plaza el lugar de trabajo de mi mujer, no debe considerarse una casualidad demasiado grande. Nuria le dijo a Pati que querían invitarnos a todos a cenar en su casa el sábado siguiente. Aunque Nuria no le explicó el motivo, Pati y yo sabíamos que nuestros vecinos no tenían la costumbre de celebrar cenas en casa, y que alguna razón poderosa debía de haber para tan extraordinario evento. Para nosotros la razón poderosa estaba bastante clara. Le pregunté a Pati y ella me dijo que a Nuria todavía no se le notaba la tripa, pero que su sonrisa no dejaba lugar a dudas. A continuación tratamos de imaginarnos qué clase de sorpresa habría ingeniado el psiquiatra para darnos a conocer ese embarazo tan esperado por todos.

Cuando Pati se quedó embarazada de Marcos y ya estaba de tres meses, nosotros quisimos anunciar la buena nueva de una manera divertida. Juntamos en casa a las dos familias, la de Pati y la mía, y después de cenar y charlar animosamente, Pati se fue a la cocina a por el postre. Yo pedí silencio en la mesa y les dije que prestaran atención a lo que Pati les iba a contar. Entonces salió Pati de la cocina, con una enorme barriga bajo el jersey, andando con las piernas abiertas y con una mano en la espalda. Todos miraron muy sonrientes, aunque algo desconcertados.

—Cariño —me dijo Pati—, creo que esto va más deprisa de lo que pensábamos. He roto aguas.

Me levanté rápidamente y allí mismo, de pie, junto a la mesa, atendí a mi mujer. Entre los dos, con un solo movimiento, sacamos el bulto de debajo del jersey. Era una tarta que mi padre desenvolvió. En la pastelería nos habían puesto el dibujo de un bebé y el mensaje: «Llego dentro de seis meses». Todos aplaudieron y nos felicitaron.

La verdad es que aquélla fue una cursilada bastante grande, ya lo sé, me acabo de dar cuenta al contarlo, pero ya no tiene remedio, no sé, era la primera vez que ocurría en nuestra familia y quisimos hacer algo especial. Eso mismo, algo especial, es lo que supusimos que Ernesto y Nuria nos tendrían preparado el día de su cena. Desde el punto de vista de la mentalidad de Ernesto estaba claro que la noticia que iban a darnos debía anunciarse, como poco, con la misma parafernalia, cursilería y sensacionalismo que se anunció la nuestra diez años antes. En la cabeza de Ernesto no cabe la idea de ser en algo, en lo que sea, menos que los demás. Puestos a ser estúpidos, él lucha denodadamente por llevarse la palma.

La cena en casa de Nuria y Ernesto transcurrió con normalidad, dentro de lo poco normal que resulta el hecho de que Nuria y Ernesto te inviten a algo o te abran las puertas de su casa. Como es lógico yo había acudido a casa del psiquiatra con una actitud muy temerosa, pues hacía más de un mes que no me cruzaba con él, cuando me dejó su cobarde informe en el buzón de casa y hubo de pagarlo con la pérdida del agua de su piscina recién llenada. Por ello, estuve muy agradecido de que en la cena nadie me preguntara por mi estado y de que el psiquiatra tuviera a bien no recordarme nuestros últimos encuentros. Estuve atento toda la noche a la liturgia que nuestros anfitriones habían preparado, pero en ningún momento hallé indicios llamativos de que la noticia fuera a producirse. En todo caso, cierta expresión de reserva y nerviosismo en los rostros de Nuria y Ernesto hacía pensar que lo más importante de la velada todavía no había llegado. Me puse a pensar en ellos. Me congratulaba enormemente de que al fin tuvieran un hijo, y de que, al menos en una noche, Ernesto hubiera sido capaz de apagar la televisión antes de que Nuria se durmiera en el dormitorio. La falta de niños siempre había creado un halo de tristeza en esta pareja y eso ahora se iba a resolver para siempre. Aparte de alegrarme por ellos, recé a Dios para que la nueva criatura fuera una niña y se pareciera lo menos posible a su padre. La idea de tener a un pequeño Ernesto correteando en el jardín de al lado disparaba todas mis rapafasias en un instante.

Fue Nuria quien habló después de cenar, cuando ya todos habíamos rebañado veinte veces los cuencos de cristal donde generosamente se nos había servido una bola de helado del tamaño de una cereza.

—Tenemos una noticia que daros.

Miré a mis padres y a Pati y todos sonreímos al fin.

—Ernesto y yo vamos a separarnos.

El labio de arriba de Nuria tembló ligeramente al decir esto. Parecía la única manifestación visible de una sacudida más profunda. En la película *Parque Jurásico,* las pisadas de un dinosaurio que se acercaba hacían temblar la superficie de un vaso de agua. Esto de Nuria era algo así, lo que le ocurría por dentro se dejaba notar en el temblor de su labio de arriba, y creo que todos supimos al momento que estaba hablando en serio. No creo que a los notarios les tiemblen muchas veces los labios.

Miré a Ernesto. Lo suyo era bastante menos sutil. En su caso parecía que la pisada de dinosaurio había caído exactamente encima de su cara. Estaba descompuesto, sudaba por la frente, y las orejas y los pómulos se encendían con un fuego rojo. Ernesto intentó dirigir la atención de todas nuestras miradas hacia una miga de pan que había sobre el mantel y que empezó a manosear nerviosamente. Afortunadamente para él, Nuria siguió hablando:

—No queremos que os preocupéis o que sufráis por nosotros. Es un paso muy difícil y muy meditado, y que los dos damos de común acuerdo.

Nadie se atrevió a decir nada. Por un momento temí que Nuria, tan acostumbrada a estas cosas, fuera a sacar alguna clase de escrito que todos tendríamos que leer y firmar en cada una de sus páginas. Pero no fue así. En realidad nos quedamos tan sorprendidos y afectados que guardamos silencio. A veces las palabras se quedan sepultadas bajo una buena capa de sentimientos. Nuria y Ernesto se separaban. Aquello no era algo para lo que estuviéramos preparados. Necesitábamos un tiempo de adaptación, necesitábamos pensar bien en lo que se nos estaba diciendo.

¿Por qué se separaban? ¿Quién era el principal responsable de la separación? ¿Era Nuria la que se había cansado de oír la segadora en el jardín, o era Ernesto el que se había cansado de que su mujer ganara tres veces más que él y lo pregonara sin parar a los cuatro vientos?

—El amor es muy bonito mientras dura, pero, cuando desaparece, hay que saber reconocerlo —dijo mi madre, que parecía conocer mejor que nosotros lo que allí pasaba.

Las palabras de mi madre, sin embargo, tampoco pudieron derrotar al silencio. Más bien lo avivaron, lo empujaron un poco más adentro de cada uno de nosotros.

Mi padre miraba su cuenco de cristal. Supongo que sus pensamientos oscilaban entre la posibilidad de decirle a su mujer que lo que acababa de decir era una solemne memez y la posibilidad de rebañar con la lengua los restos de helado que quedaban en su cuenco. No lo sé, a lo mejor él también estaba afectado.

Mi madre se miraba ahora las uñas.

Pati, deshecha, se escurrió en el asiento y contempló pensativa el techo color salmón del comedor de mi hermana.

—Lo sentimos mucho, de verdad que lo sentimos —dije yo en un arrebato—, pero nos gustaría que lo pensarais bien antes de tomar esta decisión, a veces no basta con pensar las cosas un par de veces.

Nuria me miró con desprecio. La verdad es que no era esa tontería lo que yo quería haber dicho.

—En realidad no era esto lo que os iba a decir, lo que pasa es que uno empieza una frase y le sale el típico discurso de un tirón, perdonad. Ya sé lo que os iba a decir. ¿No pensáis que si uno de los dos se quedara embarazado, vamos, principalmente Nuria, a lo mejor las cosas mejorarían un poco?

—Rodrigo, por favor —dijo Pati envolviéndome con sus ojos abiertos, como si sus párpados quisieran comerme de un bocado.

—¡Qué pasa! ¿Estoy diciendo una tontería?

—Es un tema muy personal, tú no tienes que decir nada de eso.

—También es personal que se separen y nos lo están contando. Digo yo que esperan algo más de nosotros que este silencio.

—Nos parecía que debíamos informaros —dijo Nuria—, pero la decisión está tomada, no esperamos ningún consejo por vuestra parte, de verdad.

Mi hermana Nuria tiene la capacidad de sacarme de mis casillas.

—No digo dar consejos, digo hablar, transmitir ánimos, expresar pena o simplemente lo que pensamos. Lo que no me parece normal es que nos contéis que os separáis y nos quedemos todos como un palo.

—Nadie se ha quedado como un palo —dijo mi madre.

—Di lo que piensas, Rodrigo, tienes todo el derecho a expresarlo —dijo Ernesto, que al hablar, consiguió recuperar en parte la forma de su cara, tristemente pisoteada.

—Venga, eso, vamos a hacer un coloquio sobre el tema, qué buena idea —dijo Nuria.

—Invitas a alguien a tu casa y no le dejas ni hablar. ¿Aquí sólo hablas tú? —dijo Ernesto.

—Al menos yo me atrevo a llamar a las cosas por su nombre y a contárselas a los demás, no como otros.

—Pues deja que los demás también hablen. ¿O tienes miedo de algo?

—Qué imbécil eres, de verdad.

—No discutáis, por favor —intenté mediar.

—La culpa es tuya, por meter cizaña —dijo mi madre.

—¿No habrá quedado un poco de helado por ahí? —dijo mi padre.

—A ver, Rodrigo —dijo Nuria muy ofendida—, estamos esperando tus opiniones.

Todos me miraban. Supe que, después de la que se había montado, tenía que decir algo.

—Sigo pensando que un hijo os uniría mucho.

—Brillante, brillante opinión —dijo Nuria impertérrita en su sitio—. Cualquier cosa menos estar de parte de tu hermana, hijo.

Entendí que mi comentario ponía el dedo en el corazón de la llaga.

—No sabía que eso fuera estar de parte de nadie, perdón.

Nuria se puso de pie.

—¿Me pasáis los cuencos, por favor? ¿Queréis café?

Se fue a la cocina.

Todos nos removimos un poco en el asiento. Parecía que la ausencia de Nuria distendía la situación. Ernesto habló:

—Nuria y yo nos queremos mucho. Cada uno tiene sus rarezas y su carácter, pero hemos aprendido a vivir juntos y a respetarnos.

—Bueno, ése es un mérito compartido por todos
—dije—. La segadora se oye igual desde aquí que desde
nuestras casas.

Ernesto se tomó a bien mi comentario y sonrió.
Los demás, incluida mi madre, rieron abiertamente y re-
lajaron la tensión.

—El problema —siguió Ernesto— es que Nuria
y yo no estamos de acuerdo en algunas cosas, y cuando
en una pareja existe desacuerdo sobre algún punto clave,
¿qué se puede hacer?

—Siempre se puede hablar, se puede llegar a un
acuerdo —dijo Pati.

—Sí, pero hay cosas que se llevan muy dentro.
Lo que no tiene sentido es que por mantener una pareja
uno tenga que renunciar a su forma de ser o a deseos muy
profundos.

Nuria apareció por la puerta de la cocina. Venía
con una bandeja llena de tazas de café que fue repartien-
do a cada uno, seria, sin alterar el gesto. Ernesto no interrumpió sus palabras:

—A los dos nos da pena, pero pensamos que podemos encontrar otros modelos de vida en que ninguno de
los dos tenga que renunciar a nada.

Ernesto cogió su taza.

—Gracias —dijo, y yo también lo dije al coger
la mía.

Nadie añadió nada más. Mejor dicho, los añadi-
dos se hicieron todos en el interior de las respectivas cabezas. En mi caso, observé los movimientos de mi hermana Nuria. Cuando terminó de repartir las tazas dejó
en el centro de la mesa la cafetera, la jarra de leche y el
azucarero. Dijo que nos pusiéramos cada uno lo que qui-
siéramos y se sentó en su sitio. Me di cuenta —por primera vez en la noche me di cuenta— de que para mi her-

mana éste tampoco era un trance nada agradable. Hasta ese momento, la actitud de Nuria me había hecho inconscientemente colocarme más cerca de Ernesto, al que tendía a ver como una víctima. Pero ahora que Nuria se mantenía en silencio supe apreciar la dimensión de su dolor. Para ella, asumir esta separación suponía seguramente la primera gran derrota de su vida. Nuria siempre se había marcado un modelo de perfección, y siempre se mantuvo muy cerca de él. Es la persona más exigente consigo misma que conozco. Siempre sacó dieces en el colegio y en la carrera, y la oposición la aprobó en sólo tres años. Ahora, esta persona tan perfecta, tan alta y delgada, y con el pelo teñido de rubio, tenía que reconocer el fracaso de su matrimonio.

El café sabía a demonios, pero nadie dijo nada. También en los temas de la cocina, Nuria se quedó lejos de la perfección.

Nos fuimos todos de allí con un amargo sabor en la boca. No era el sabor del café de Nuria, era mucho peor: un sabor que se respiraba en el aire, y que era la traducción de los gestos, los silencios y las despedidas probablemente definitivas. Aquel sabor, pegado al paladar como una capa de paté caducado, estaba ahí para recordarnos que no se trataba de un momento como los demás, que aquella cena había estado marcada por el soplo de algo oscuro, una presencia anticipada del fin de todo o casi todo.

Cuando ya estábamos todos en la calle, Ernesto salió abrochándose una chaquetilla y me dijo que él iba a pasear un rato, que si le acompañaba. No tengo que decir que en otras circunstancias semejante ofrecimiento me habría repugnado más que un ciempiés caminando por mi espalda. Pero dadas las presentes circunstancias, y la premura que pareció mostrar Ernesto por no quedarse a solas con Nuria, acepté cordialmente el ofrecimiento. Bajamos caminando por nuestra calle. La noche era fresca, aunque ya estábamos bien entrados en el mes de junio. En muchos de los jardines sonaban los aspersores de riego, tamizando el agua sobre el césped, llenando el aire de pequeñas partículas frías que acababan posándose sobre mis brazos desnudos, ya cruzados sobre sí mismos. Esperé que el paseo no fuera muy largo, porque esas noches frías de verano acaban produciéndome escalofríos y llega un momento en que no sé bien si tengo frío o calor o, probablemente, las dos cosas al mismo tiempo.

—¿Qué tal estás, Rodrigo? No he querido preguntártelo antes delante de todos —dijo de pronto Ernesto, sin dejar de mirar al frente.

En ese momento me sentí engañado. Tuve ganas de darme la vuelta y salir corriendo para casa. Nin si niquiera sospecharlo había caído en la trampa de Ernesto, que aun atravesando una situación difícil y triste, había sabido crear las condiciones perfectas para atacarme psiquiátricamente de nuevo. No había escapatoria y respiré hondo. La verdad es que no sabía qué responder a Ernesto, porque lo cierto es que yo no estaba nada bien, pero también era cierto que en el transcurso de toda esa velada no me había acordado ni una sola vez de mi interminable sucesión de males.

—Quiero recomendarte a un compañero mío para cualquier cosa que necesites. Es una persona maravillosa y un magnífico psiquiatra. Si lo necesitas, llámale de mi parte, por favor.

Ernesto sacó de un bolsillo una tarjeta del doctor Héctor Fusilli y me la dio. Recorrí con los ojos la superficie blanca de la tarjeta, y las letras negras que parpadeaban sobre ella. Desde que comenzamos el paseo, Ernesto y yo no nos habíamos mirado a la cara ni una vez. Cuando me dio la tarjeta me fijé en su mano y luego en la tarjeta y por último en el suelo que tenía delante. Sabía que Ernesto estaba despidiéndose de mí. Por un momento temí que las letras de la tarjeta se desprendieran y cayeran al suelo.

—Me voy a ir a México, Rodrigo.

La cabeza se me giró hacia la izquierda, donde estaba Ernesto. Fue muy raro. Yo no hice nada para mover la cabeza, pero la cabeza se movió. Ahora sí, crucé mi mirada con la del psiquiatra. Era la cara de Ernesto, pero aquél no era Ernesto. Su nariz afilada, la posición apretada de los labios, las perfectas arrugas de la frente, la composición general tan estudiada como falsa, estaban ahí, desde luego, pero algo había cambiado en ellas. Seguramente el contexto. No la cara, sino lo que la rodeaba. Hoy Ernesto no era el clásico avisporro que te zumba en las orejas, hoy no hacía comentarios desagradables, ni te humillaba, ni te ponía el brazo en el hombro. Al contrario, Ernesto se mostraba moderado y se iba a vivir a unos diez mil kilómetros de distancia. Su cara me pareció menos falsa. Cuanto más lejos me imaginaba a Ernesto, más cerca me sentía espiritualmente de él. No lo digo en broma. De pronto me estaba dejando llevar una vez más por mi sentimental forma de ser. Quería decirle a aquel hombre que México estaba muy lejos, pero que yo siempre le sentiría cercano. Quería que todo lo que había pensado sobre él, toda mi descarga de odio o simple mala idea, se borrara de una sola vez. Consideré injustos muchos de los juicios que yo había hecho sobre su persona en los últimos tiempos, y consideré imperdonable, y también inconcebible, no haber sido nunca capaz de percibir su delicada situación conyugal.

—Quiero empezar una nueva vida allí. Me han becado en la universidad, en ese sentido no hay problema.

—Pero... es todo tan rápido, Ernesto. Te aseguro que es lo último que nos podíamos imaginar.

Ernesto asintió en silencio.

—Me pareces muy valiente —dije.

—Tengo algunos primos allí. Al principio será duro, pero saldré adelante.

—Cuenta con nosotros, de verdad, para lo que necesites —aunque odio decir estas cosas, es cierto que en este caso me salió de una manera bastante sincera. Pienso que es a las personas que más nos han obsesionado, a aquellas a las que más hemos detestado, a las que al mismo tiempo más podemos compadecer. Supongo que nos sentimos culpables.

—Gracias.

Los ladridos de un pastor alemán, puesto de patas sobre la verja de una casa, nos hicieron desplazarnos al centro de la calle, por donde continuamos caminando.

—Qué asco de bichos —dijo Ernesto.

—Tú quieres tener un hijo.

No hubo respuesta.

—Y Nuria no —continué.

Ernesto asintió.

—Sí, puedes verlo así —dijo.

—Entonces, para ti es más importante tener un hijo que seguir con Nuria.

—Supongo que sí, aunque en realidad eso no puedo saberlo todavía.

Tenía algunas otras preguntas que hacer a Ernesto. Era divertido eso de manejar la conversación, como si yo fuera un psiquiatra y Ernesto mi paciente.

—¿Por qué crees que Nuria no quiere tener hijos?

—No lo sé, aunque tengo mi opinión.

—¿No puedes decírmela? En total confianza.

—Creo que le da miedo. Nuria lo tiene todo en la vida, ha alcanzado un equilibrio perfecto y le da miedo que algo salga mal y todo se estropee. Prefiere no apostar.

—Qué optimista. ¿No necesitaría un psiquiatra?

—Totalmente.

—Yo conozco alguno, a lo mejor os interesa —dije.

Ernesto rió a mandíbula batiente, según su estilo tradicional, y me dio unos golpecitos fraternales en la espalda. No supe si alegrarme o no de ver cómo Ernesto, aunque fuera por unos momentos, volvía a su ser. Los golpecitos en la espalda dispararon mi siguiente pregunta, reconozco que con cierta saña.

—¿Es cierto que te vas voluntariamente, que es una decisión de los dos?

—Es la única posibilidad. Lo tenemos muy asumido, no debes preocuparte, Rodrigo.

—No, entiéndeme, no querría que te sintieras...

—No hay problema, no hay problema.

Dimos unos cuantos pasos más en silencio. De repente Ernesto se detuvo y me puso la mano en el brazo.

—Eres lo mejor de esta familia, Rodrigo, quiero que lo sepas.

¿Qué? Quise seguir andando para disimular mi rubor, pero Ernesto me sujetaba el brazo con fuerza. Esa manía de enfatizar algunos comentarios con paradas escénicas me pone muy nervioso. Empecé a sentir muchísimo calor en la espalda. No sabía dónde mirar.

—Siempre me has aceptado, siempre has estado ahí en los momentos importantes. Sin ti, esta familia estaría más muerta que viva.

Me armé de valor, puesto que no me quedaban más posibilidades, y le miré a la cara. Su gesto era serio y sentido. Ernesto hablaba en serio, y yo, por mi parte, sólo deseé una cosa: desaparecer de este mundo, que la tierra nos tragara por este orden, primero a Ernesto y luego a mí.

—Gracias, gracias —dije mirando de nuevo al suelo—. Si quieres que algún día te siegue el césped cuando te vayas, me lo dices.

Oí de nuevo la mandíbula de Ernesto batiendo por la risa.

8.

Hay mucha gente que tiene teorías. Hablas un rato con ellos y en seguida te dicen que tienen una teoría sobre tal cosa y que están muy convencidos de ella. Por ejemplo, que los viernes es con mucho el día de la semana que más llueve, o que los únicos papeles que uno encuentra en la oficina son los que no necesita para nada, o que cuando tienes mucho calor no hay nada mejor que una sopa caliente para quitártelo. «En serio, lo tengo comprobado», te dicen.

Por mi parte, no suelo tener teorías de ese tipo, y en realidad nunca sé lo que pienso de las cosas. Soy la persona más contradictoria que existe, un día pienso esto y al otro lo contrario, y cada vez que veo un debate en la tele me parece que todos los que hablan tienen razón, aunque digan lo contrario de lo que ha dicho el anterior, o lo contrario de lo que ellos mismos han dicho en su última intervención.

Digo todo esto precisamente porque ahora yo también tengo una teoría, y quiero exponerla, y no quiero parecer una de esas personas que todo el rato te están diciendo sus teorías. En realidad creo que es la única teoría que tengo, y a decir verdad, no estoy completamente seguro de ella, aunque casi. Mi teoría es muy sencilla: simplemente dice que todas las personas que beben coca-cola durante las comidas son felices. Es una chorrada, ya lo sé, pero es totalmente cierta, lo tengo comprobado. No digo que la gente que bebe vino o cerveza no pueda ser feliz, ni que sea la coca-cola lo que hace felices a los que la toman. Digo que el hecho de pedir coca-cola durante una comida delata a una persona feliz. Simplemente analícese el tipo de personas capaces de tomarse una fabada con coca-cola. Mis hijos, desde luego, lo harían, y mi padre también. Viven con el sabor dulce en la boca. No necesitan probar nada distinto, no necesitan salir de sí mismos. Nunca en la vida se han preguntado nada sobre ellos mismos y eso les hace estar felices. En mi caso han tenido que pasar treinta y siete años para que dejara de tomar coca-cola en las comidas. Ahora prefiero tomarme un vasito de vino, que parece evadirme y fomentar la acción de las pastillas tranquilizadoras.

A los pocos días de la marcha de mi cuñado Ernesto (ahora ex cuñado, ex vecino y ex psiquiatra), quedé con el doctor Fusilli para comer y en seguida quise averiguar si aquel hombre que me recomendó Ernesto tomaría coca-cola durante la comida, cosa que siendo argentino era bastante improbable. Yo seguía preso de la parafasia cuando una tarde el doctor Fusilli me telefoneó personalmente. Lo cierto es que la separación de Nuria y Ernesto y la marcha de éste me habían tenido muy preocupado en los últimos días y no había tenido ocasión de percatarme de mis continuos deslices con el lenguaje. Pero seguían ocurriendo y, peor que eso, también ocurrían otras cosas: sobre todo ese run-run perpetuo en mi interior, un circuito fluido en el estómago que me impedía estar a solas y tranquilo sin preguntarme doscientas cosas sobre mi propia salud, sobre mi futuro, sobre lo extraña e inalcanzable que parecía ya cualquier forma de felicidad.

—Dígame —dije levantando el auricular inalámbrico cuando aquella tarde sonó el teléfono.

—Hola, le habla Héctor Fusilli, este, mire, le comento, no quiero importunar, Ernesto López me comentó que el señor Rodrigo Montalvo, creo que es correcto, él me pasó este número y yo llamé temerariamente, ¿importuno?, no más querría mostrarme a disposición del señor Rodrigo, Ernesto y yo somos amigos desde hace por lo menos quince años, ¿me oye?

—¿Pero con quién quiere hablar usted? —dije, haciéndome el loco.

—Este, con el caballero Rodrigo Montalvo, ¿es posible?

—Sí, espere un momento, le pongo.

Dejé el auricular sobre el salón y di un paseo por la mesa, bueno, eso, pero al revés. Quiero decir que no le di el gustazo al doctor Fusilli de decirle que era yo mismo quien había descolgado el teléfono y que había tenido la suerte de contarme esa larguísima introducción precisamente a mí. Vamos, que no se puede llamar a una casa y ponerse a hablar así como si tal cosa, de modo que pensé que lo mínimo que se le podía pedir a la gente cuando llama a una casa es un poquito de paciencia.

—Sí, ¿quién es? —dije al auricular cuando ya hube recorrido el salón unas cuantas veces.

—Hola, ¿Rodrigo Montalvo?, este, mire, le comento, no quiero importunar, Ernesto López me comentó que usted, creo que es correcto, él me pasó este número y yo llamé temerariamente, ¿importuno?, no más querría mostrarme a su disposición, Ernesto y yo somos amigos desde hace por lo menos quince años, ¿me oye?

—Sí, sí, perfectamente, ¿es usted Fusilli?

—Exactamente, mire, le comento...

—No, no, por Dios, bueno, mire, supongo que llama, sí, por mis problemas y todo eso, pero si le digo la verdad últimamente estoy fenomenal, francamente, creo que, no sé, es realmente extraordinario lo bien que me encuentro, por eso no le he llamado, Ernesto me dejó su tarjeta, ¿sabe?, pero yo no he considerado que fuera necesario recurrir a usted, ¿me entiende?

—Formidable, formidable, no sabe cómo me alegra encontrarle de este talante, mire, le comento, espero no importunarle, llevo esta semana y la siguiente muy complicadas, he pensado, este... ¿Qué le parece si quedamos para comer y charlamos tranquilamente?, por teléfono no es lo mismo, ya sabe, es incómodo, por mi parte estaría encantado de conocerle personalmente.

—Gracias, gracias, es recíproco, perdón, sí, eso, lo he dicho bien.

—¿Qué le parece el jueves?, mire, hay un restaurante a un par de cuadras de mi consultorio, ¿a usted le gusta el pescado?, si le parece podemos quedar ahí, a las tres menos cuarto del jueves, ¿qué tal le viene?, ¿bien?, mire, anote, es en la calle López de Hoyos número...

—Espere, doctor, voy a coger un lápiz.

De nuevo dejé el auricular y di unas cuantas vueltas por el salón. No sé si mi comportamiento puede resultar ridículo. Lo siento si lo parece. Pero esta gente —me refiero a los psiquiatras— merecen esto y mucho más. Parece que uno no tuviera otra misión en el mundo más que obedecerles a ellos, estar completamente a su merced.

Cogí de nuevo el inalámbrico y me senté en el sofá.

—Doctor, mire, es que no encuentro un lápiz, así que voy a apuntarlo con bolígrafo... ¿Doctor?, ¿doctor, me oye?, este hombre es... Ahora resulta que ha colgado... ¿Doctor?... Nada... Bueno, pues mejor, la verdad es que me estaba dando ya una lipotimia de tanta cháchara.

Dejé el teléfono a mi lado, sobre el sofá, suponiendo que Fusilli volvería a llamar. Pati bajaba las escaleras en ese momento.

—¿Quién era?

—Ah, nada, un plasta, me lo recomendó Ernesto para mis problemas y tal, el doctor Fusilli, Fusilli a la carbonara, no te imaginas, me ha hecho una introducción de cuarenta y cinco minutos sólo para preguntarme si era yo...

Pati se quedó mirando la mesita del teléfono.

—Pero si está descolgado —dijo, cogiendo el inalámbrico de la mesa. Miré a mi lado, sobre el sofá, donde la calculadora de mi hijo Marcos esperaba pacientemente a que alguien la utilizara al fin para lo que realmente había sido concebida. Pati también miró la calculadora, después me miró a mí, y, retorciéndose de risa como una planta que busca la luz, me entregó el inalámbrico, aunque yo hubiera preferido una afilada lluvia de hielo sobre la piel de mi cara, roja como una guindilla, caliente como una quemadura. Cogí el teléfono con la mano sudorosa. Sólo había una manera de seguir vivo y ésa era rezar a Dios o a quien fuera para que Fusilli hubiese desaparecido del teléfono largo rato atrás.

—Eh, ¿hay alguien? —dije al inalámbrico.

—Sí, cómo no, aquí Fusilli a la carbonara, la concha de tu madre, che, con vos lo voy a pasar bárbaro.

—Eh, dock-tor, dock-tor, are you there? —no sé por qué de pronto me puse a hablar en inglés—, listen me, please, it's a mistake, sure...

Oí una carcajada del doctor, lo cual me parece lógico, y luego una carcajada de Pati, que debía de ser la primera vez que me oía hablar inglés en su vida.

—Pernode, gue mustaría hablar en español, pero... viene nomen las pabaras, sí, sorry, sorry, I would like to speak spanish, but it's really amazing, no puejo, poder, in english is easier for me.

Tenía la cara tan caliente que las gotas de sudor que me resbalaban por las sienes empezaron a hervir.

—Relajate, Rodrigo, no quiero que te sientas incómodo, entiendo que un llamado telefónico es siempre una violación de la intimidad.

—No, no, but don't worry, I was a little nervous...

—No te guardo rencor, Rodrigo, no te guardo rencor, no te guardo rencor —lo dijo tres veces, en serio—. Me parece importante que nos veamos, veo que todavía quedan ciertos posos de la parafasia que deberíamos tratar, ¿no es cierto?

—Pusongo, pusongo.

—Este, mirá, anotá, López de Hoyos, 147, restaurante La Proa, el jueves a las tres menos cuarto, reservo una mesa a mi nombre, ¿de acuerdo? Y ahora calmate, por Dios.

—Sí, sí. Mire, ya me estoy relajando —y era cierto—, para mí ha sido un verdadero placer charlar con usted, Fusilli, nos vemos en Póyez de Loyos, bueno, eso.

Colgué el teléfono. Me cercioré varias veces de que lo había hecho bien y luego levanté con mis manos la cabeza de Pati, que estaba de rodillas en el suelo con la cara enterrada entre los cojines del sofá, hasta ese punto le hacía gracia la patética situación en que yo me encontraba. Su cara estaba bañada en lágrimas, por la risa, pero su expresión era ya relajada. La miré. Yo estaba pidiendo la comprensión y el apoyo de mi mujer. Ella me cogió las manos y me las besó.

El restaurante La Proa de la calle López de Hoyos era un lugar muy tranquilo, y aparte de la docena de pescados que estaban expuestos con la boca abierta en una vitrina, sólo había dos personas más, los camareros, que eran dos hermanos gemelos, delgados, calvos y un poco cojos, y con la única diferencia de que uno llevaba la chaquetilla blanca y el otro negra. Llegué muy puntual, a las tres menos cuarto, y pregunté por la mesa reservada a nombre de Fusilli.

—¡Los de la mesa reservada, Gabriel! —dijo el camarero de la chaquetilla blanca dándome la espalda.

Un par de minutos después, y mientras el camarero de blanco seguía hojeando un periódico deportivo, salió de la cocina un camarero idéntico, pero vestido con una chaquetilla negra, que en ese momento se ocupaba de abrocharse. Me llevó a la mesa, situada en el centro de un comedor vacío y, mientras esperaba a que llegara el señor Fusilli, me sirvió una coca-cola tras otra, hasta un total de cuatro. No es que tuviera una sed particularmente intensa, lo que ocurre es que cuando estás solo en medio de un comedor vacío, observado sin cesar por el camarero y por las hordas de peces disecados que jalonan las paredes, o llevas constantemente la mano al vaso de coca-cola, y en cierto modo te mueves, o acabas tú mismo disecado por esas miradas tan intensas. A esto habría que añadir mi deseo de que cuando llegara el doctor Fusilli, mi vaso de coca-cola estuviera muy lleno, para ver si despertaba su envidia, y así averiguaba si era amante de la coca-cola o no, y, lo más importante, si era capaz de pedirse una para comer. Eran las tres y doce cuando el psiquiatra tuvo a bien presentarse y mi decepción fue enorme, no por el indecente retraso, ni por su aspecto, sino por el aletargante contenido de su primera intervención, todavía de pie, mientras dejaba su chaqueta en el respaldo de la silla y colocaba su teléfono móvil sobre la mesa.

—Rodrigo, disculpá la demora, traigo una semana complicadísima, los cambios de estación son malísimos para el sistema nervioso, este calor está acabando con todos mis pacientes, ¿no te importa que deje el celular operativo?, tengo un par de casos que... Vaya, estás tomando coca-cola, ya veo que te vendiste al imperialismo yanqui —dijo, y levantó la vista hacia el camarero de negro—, Gabriel, traé una botella de Albariño, vamos a ganar nuevos adeptos.

Fusilli se calló y acto seguido se sentó. Por unos instantes albergué la esperanza de que este hombre estuviera sólo programado para hablar de pie, y que en la posición de sentado el discurso se le atrofiara felizmente. Pero fue una esperanza brevísima, porque el discurso comenzó a fusillear de nuevo, aunque no puedo decir muy bien qué es lo que dijo, porque lo cierto es que yo dediqué el tiempo de su intervención a analizar su apariencia física, que en tantas cosas me recordaba a la de mi ex cuñado Ernesto. Fusilli era de la edad de Ernesto y era tan delgado como él, y tenía por lo menos la misma cantidad de tics nerviosos que él y era capaz de cualquier cosa menos de transmitirte tranquilidad. Comer con él era como comer con un enjambre de abejas dándote vueltas. Yo creo que es una persona anímicamente destrozada, y cada uno de los pacientes que ha tratado en su vida es una abeja taladrándole el interior, lo que pasa es que todo eso trata de disimularlo con esa vitalidad desaforada, como si los picotazos de las abejas le impidieran estarse quieto.

De repente me dio la mano:

—Disculpá, Rodrigo, no te saludé, ¿cómo estás?

—Bien, bien.

—Me alegro de veras, se te ve bárbaro, disculpá, yo te estoy tuteando, con confianza, ¿no te importa?, vos conmigo lo mismo, por supuesto, somos de la misma edad, ¿no es cierto?, ¿de qué año sos, Rodrigo?

—Del sesenta y cinco.

—Viste, me adelanté sólo tres años, ¿te gustó el restaurante?, es muy tranquilo —el camarero estaba en ese momento abriéndonos la botella de Albariño—, mirá, Gabriel, nos vas a traer una dorada a la sal y un poco de ensalada antes, la de langostinos, ¿cómo lo ves, Rodrigo?, ¿te gusta el pescado?

—Sí, sí —dije, y durante varios minutos padecí en silencio la conversación de mi nuevo psiquiatra.

Al fin trajeron la ensalada de langostinos y resultó estar riquísima. Cada vez que el psiquiatra se llevaba el tenedor a la boca, su discurso se interrumpía y entonces los delicados sonidos de nuestros cubiertos, de nuestra respiración, de nuestros dientes al masticar, de los platos en la cocina o de los coches en la calle, podían percibirse de nuevo, y tanto yo como el círculo de peces de mirada opaca respirábamos profundamente como señal de gratitud. La ensalada le duró al psiquiatra catorce segundos. En el transcurso de esos catorce segundos tuvo tiempo para divagar sobre los problemas del habla y sobre los mecanismos inconscientes que intervienen en esos problemas. Cuando terminó la ensalada, concretó:

—¿Cómo explicarías vos, Rodrigo, la irrupción del inglés que se produjo el otro día en tu discurso?, ¿decís que fue incontrolada e involuntaria?

Expliqué a Fusilli que mi utilización del inglés, que seguramente no usaba desde los tiempos del colegio, no fue premeditada y que, al contrario, yo fui el primer sorprendido al oírme hablar en inglés, y además, por qué negarlo, con cierta soltura.

—Fue un placer comprobar que, aunque fuera en inglés, al menos podía expresar lo que quería —dije.

—Es un caso extraordinario, realmente extraordinario —dijo Fusilli rellenando su copa de vino, y a continuación cogió su teléfono móvil y me lo enseñó—. Fíjate, Rodrigo, estos aparatitos usan mecanismos semejantes. Cuando una comunicación falla, este, cuando tiene ruido y es discontinua, buscan automáticamente una frecuencia en la que la comunicación sea más limpia. Creo que vos operaste de forma similar, vos solo, de manera inconsciente, automática, buscaste un mecanismo que te permitiera seguir comunicándote con el entorno, ¿no es cierto? —Fusilli hizo una pausa, lo cual ya es digno de reseñarse, me miró y añadió riendo—: Espero que no te moleste esta metáfora tan mecanicista.

—Eh, no, no.

—Fíjate, podríamos verlo desde otro prisma. Quizá no fueras vos quien habló en inglés, quizá fuera, por decirlo así, tu *alter ego*, una proyección de tu propia personalidad, ¿no es cierto?, pero que a diferencia de vos consigue lo que en ocasiones vos no podés conseguir: la comunicación. En él se encuentra no sólo la fluidez verbal, también se halla la tranquilidad, el bienestar y el equilibrio psíquico que vos ahora no podés encontrar. En tu *alter ego* colocás todo lo que te falta; tu *alter ego* es el ego que vos querés ser, Rodrigo.

—Sí, sí —dije—. Pero en ese caso, y teniendo en cuenta que mi *alter ego* habla en inglés, ¿no piensas que deberíamos llamarlo mejor *Walter Ego*?

Fusilli dio un golpe en la mesa y a continuación se rió mirando al techo. Reconozco que mi chiste fue bueno, pero no sé si merecía desmembrar la mesa a base de golpetazos.

—Este, well, Rodrigo, do you prefer we speak english? —Fusilli estaba desmandado.

—No, no. No fastidies —dije al tiempo que, por cortesía, sonreía.

—No, may be your friend Walter Ego wants to say something important just now?

—Que no, tío, en serio, anda, sírveme a mí también un poco de nivo, de vino, coño.

Fusilli me miró muy serio y estalló en una nueva carcajada. Por un momento creí estar viendo a una réplica exacta, aunque transoceánica, de mi querido Ernesto. Imaginé a Ernesto con una chaquetilla blanca y a Fusilli con una chaquetilla negra, ambos disecados en el sótano de casa, allí donde me entretengo con mi maqueta de tren, adornando con sus bustos las paredes desnudas, y fuera del alcance de las afiladas garras de Arnold.

—Disculpá, Rodrigo —dijo todavía riendo—, considerá esta clase de licencias como parte del trabajo que tenemos que realizar. Es mi misión ahondar en tu personalidad, hurgar en las fibras más sensibles.

Di un buen sorbo de vino y deseé que me hiciera efecto lo antes posible. Quería decirle unas cuantas cosas al tipo que tenía enfrente y pensaba que con la ayuda del vino todo resultaría más fácil.

—Víctor —dije.

—No, Héctor, Héctor... —corrigió Fusilli.

—Ah, perdona, es que he tenido tantos psiquiatras que ya me hago un poco de lío, ¿sabes?

—Lo entiendo, Rodrigo, vos sabés que cualquier equivocación esconde un sentido latente, las bromas, los sueños, los errores lingüísticos permiten una segunda lectura mucho más significativa que la lectura superficial, son puertas abiertas a la interpretación de la zona inconsciente de nuestra personalidad.

—Sí, sí, pero yo sólo quería preguntarte una cosa.

—Adelante.

—No, verás, si tú tuvieras jardín y una explanada de césped, imagínate, de unos cien metros cuadrados, ¿cada cuánto tiempo lo segarías?

Fusilli sonrió. Dio un trago de vino para darse importancia.

—Ernesto me habló de tu carácter provocador y de tus comentarios extravagantes y verdaderamente cómicos. ¿Por qué me preguntás eso?

—Es que Ernesto lo segaba cada dos días. Desde mi punto de vista eso es algo que merece tratamiento psiquiátrico.

Fusilli rió a mandíbula batiente. Supuse que en la facultad donde Ernesto y Fusilli estudiaron juntos, la asignatura de «carcajada a mandíbula batiente» era obligatoria en todas las especialidades. Fusilli cambió la expresión, echó un poco su plato hacia delante, apoyó los antebrazos sobre la mesa y me miró.

—Una bellísima persona, Ernesto. No lo está pasando nada bien con la separación.

—Lo sé, lo sé, una separación es siempre dura.

—Ernesto te tiene mucho aprecio, pusongo que lo sabés.

—¿Qué? —dije revolviéndome en la silla, y temiendo por un momento que también el oído comenzara a fallarme.

—Supongo que lo sabés, quiero decir. Este, Rodrigo, mirá, Ernesto nunca se sintió aceptado por tu familia. Para él no ha sido fácil la integración. Se marchó a México con la impresión de que había dedicado muchos años a una labor imposible: que le aceptaran, ¿no es cierto?, que le quisieran tal cual era, que él pudiera sentirse a gusto con todos ustedes, empezando por la propia Nuria y acabando por tu padre.

—Ya, pero, perdona, es que me ha parecido que antes, cuando hablabas, no quiero parecer, igual te parece una interpinencia, pero equivocado te has como un parafásico.

Fusilli me miró. Sonrió nasalmente, bajó los párpados, volvió a levantarlos y alzó la mano hacia Gabriel, el camarero, para que trajera la dorada lo antes posible.

—¿Te he molestado? —dije.

—No, por Dios, este, entendeme, uno ya está acostumbrado a todo, si conocieras la fauna que desfila por mi consulta... —evidentemente le había molestado—. Te diré una cosa, este, vos no debés pensar que yo no soy una persona, los psiquiatras también nos equivocamos, ¿no es cierto?, ¿o es que sólo vos vas a poder etivo... evico... equiro... ¡la concha de tu hermana!... ¡e-qui-vo-car-te!?

—¿Eres parafásico entonces?

—No, no soy parafásico. ¿Te parece si hablamos de vos?

—Pero si no has podido siquiera curar tu parafasia, ¿cómo vas a poder curar la mía?

Fusilli estaba furioso. Abrió mucho los ojos, me señaló con el dedo índice y, con una voz profunda que parecía recién salida del estómago, dijo sin parpadear:

—¡Porque te conozco, porque sé muy bien lo que te pasa por dentro, porque reconozco a los de tu especie a mil leguas de distancia, porque estás pidiendo ayuda a gritos, porque tenés un pánico interior que te va a devorar poco a poco toda tu vida consciente, porque el lenguaje se te pierde y se te desordena y yo sé muy bien lo que es eso!

Fusilli dijo esto y se dejó caer sobre el respaldo de la silla. No pude responder. Podía estar preparado para algunas cosas en la vida, pero entre ellas no se encontraba sin duda la de tener que tranquilizar a un psiquiatra visiblemente alterado y ofendido. La dorada, enterrada bajo un túmulo de sal, aterrizó en ese momento sobre una pequeña mesa adjunta que, silenciosamente, Gabriel había colocado antes.

Gabriel nos sirvió y comimos. Entre Fusilli y yo es una tradición comer la dorada a la sal en completo silencio. La dorada estaba muy sabrosa y jugosa, y, mientras yo deshacía entre la lengua y el paladar cada trozo de pescado blanco, pensé en muchas cosas sucesivamente: el horario de la tienda de trenes donde suelo comprar mis maquetas, la reunión con el constructor canario que había de tener esa misma tarde, la extraña manera de encanecerse el pelo de Fusilli por encima de las patillas, la acuciante necesidad de orinar que me había producido el Albariño, el gato Arnold, que últimamente ya no orinaba donde yo acababa de hacerlo, quizá porque consideraba que mi orina era más adecuada para marcar el territorio, la forma de enjuagarse la boca con el vino utilizada por Fusilli, que, en silencio, parecía más viejo, más cansado, más triste, y menos argentino, y el, en fin, incomprensible sino de un restaurante con una comida magnífica y tan sólo ocupado por dos clientes, un psiquiatra demente y un paciente demente. Esto quiere decir que durante largo rato mi pensamiento quedó liberado de asuntos tales como la felicidad, los nervios, el vértigo o la parafasia terminal, que en realidad habían quedado ya previamente ocultos por la conversación de Fusilli y por el poder del vino Albariño.

Cuando terminé la dorada, moví nerviosamente las rodillas y estiré un poco los pies. Para mi sorpresa mi pie derecho se chocó con algo que, dado su movimiento inmediato, debía de tratarse de un pie de Fusilli. Desplacé el pie un poco hacia la izquierda y me choqué de lleno con otra pierna del psiquiatra, que parecía un pulpo.

—Ay, perdón —dije.

Noté el movimiento furtivo de su pierna, como un animal temeroso que se recoge en su guarida. Los psiquiatras no tienen límites muy definidos.

—Estaba fantástica la dorada —dije—, ¿te parece que llamemos al pulpo para pedir el postre y eso?

Fusilli llamó a Gabriel con la mano y le pidió un surtido de dulces para los dos. Después sacó un paquete de tabaco, me ofreció un cigarrillo que rechacé y se encendió él uno.

—¿Qué tal si hablamos un poco en serio de tus problemas?

—Sí, claro.

—Considerá que estás charlando con un amigo, no soy un psiquiatra, este... debés saber que yo no te voy a cobrar, esto no es un consultorio, no más somos dos amigos compartiendo la mesa y la comida, sin plata de por medio.

Asentí pensativo.

—Bien, dejame que te haga unas cuantas preguntas. Vamos a ver. ¿Qué es lo primero que pensás cuando te acostás, Rodrigo?

—Cuando me acuesto con alguien.

—Cuando te metés en la cama por las noches.

—¿Cuando me meto en la cama por las noches?

—Dale, respondé.

—¿Tengo que responder en serio? Pues, a ver, últimamente la verdad es que no me da tiempo a pensar nada, porque tomo unas pastillas tranquilizantes que hacen que me duerma al instante, pero algunos días intento leer un rato en la cama antes de tomarme la pastilla y entonces sí que pienso muchas cosas, creo que pienso en lo que me pasa, si, distraído, acaso no habré metido al gato en el microondas o no habré guardado mis camisas dobladas en el mueble de las galletas mientras intento ordenar las sílabas de mis palabras, y a continuación pienso si mi parafasia no será la manifestación visible de alguna enfermedad más grave, y esto lo pienso no porque yo tenga naturalmente un pensamiento tan pesimista, sino porque esas mismas palabras me las dijo un compañero tuyo, a decir verdad no soy capaz de decirte si era psicólogo o psiquiatra, si es que es posible establecer una diferencia entre esas dos especialidades, y entonces empiezo a darle vueltas a muchas cosas, a lo que me pasa, y a lo que ha cambiado mi vida y mi manera de ser en los últimos tiempos y a que hay preguntas y sensaciones que hubiera preferido no conocer nunca, porque creo que ya nunca podré olvidarlas, y entonces viene mi mujer y se acuesta a mi lado, porque ella siempre tarda mucho más que yo en acostarse, por aquello del maquillaje y esas cosas.

—¿A qué preguntas te referís?

—Ah, bueno, no sé, es la sensación de que no estoy del todo bien, de que algo falla, ¿sabes?, es muy extraño, es como si cuando hay más motivos para estar bien surgiera algo por dentro que me recuerda que no estoy del todo bien.

—Pero recién has dicho que hay preguntas y sensaciones que hubieras preferido no conocer nunca. ¿Cuáles son esas preguntas?

Gabriel apareció en ese momento con el surtido de dulces, un gran plato con pequeños fragmentos de tartas variadas.

—Gracias, Gabriel —dije, pues, la verdad, en ese momento me sentía a gusto con la conversación, y hasta podría decir que me encontraba bien delante del psiquiatra. Fusilli apagó su cigarrillo en el cenicero y yo quise responder a su pregunta anterior—. Ahora, por ejemplo, estoy a gusto en este restaurante, charlando contigo y con este estupendo plato de tartas delante, pero entonces, sin que haya ningún motivo para que surja, aparece en algún rincón de mi cabeza la maldita pregunta: ¿estoy bien?, y a partir del momento en que me hago la pregunta ya resulta imposible estar igual de bien, ¿me entiendes?

—Sí, lo entiendo, lo entiendo.

Fusilli y yo comenzamos a comer del plato de tartas colocado en el centro. Él cogía de las de la izquierda y yo de las de la derecha.

—Permitime otra pregunta. ¿Recordás el fallecimiento de algún ser querido?

—¿Que si lo recuerdo? Pues... no, creo que es imposible recordar lo que no ha ocurrido, la verdad, y espero que siga así por mucho tiempo.

—Ah, claro, claro, magnífico —pero Fusilli parecía empeñado en llevar la conversación por esos derroteros, ciertamente poco apetecibles—. ¿Y en tu propia muerte has pensado alguna vez?

—Sí, bueno, supongo que todo el mundo...

—¿Cuántas veces al día?

—¿Al día? No fastidies, si pensara en mi muerte todos los días estaría un poco mal, ¿no?

—Eso creés, ¿verdad? ¿Has visto algún muerto en tu vida?

—¡Pero, tío, tú estás hecho polvo, qué obsesión!

—Respondeme sólo si querés.

—No, no he visto nunca un muerto. ¿Pero por qué me haces estas preguntas tan raras? ¿No irás a hablarme de la felicidad?

Fusilli se limpió con la servilleta y dejó el tenedor sobre el mantel. Al parecer, ya no iba a comer más tartas.

—Verás, este... Seguramente vos pensarás que tu parafasia no tiene nada que ver con estas cosas, pero mirá, Rodrigo, aunque apenas te conozca, aunque apenas tenga elementos sobre los que trazar el perfil de tu personalidad, puedo conocer muy bien lo que te está pasando por dentro, creeme, y sé que no resulta fácil convivir con ello.

Fusilli hizo una pausa. Parecía escuchar una voz interior que le hablara sólo a él.

—Mirame, Rodrigo.

Le miré. Bueno, en realidad ya le estaba mirando, pero ahora le miré con los ojos muy abiertos.

—Podemos hablar de muchas cosas, pero en realidad sólo hablamos de una. La muerte. La muerte está presente en cada instante de nuestra vida, siempre, como la única certeza a la que nos podemos agarrar. Sólo de una cosa podemos estar seguros, Rodrigo, moriremos, más tarde o más temprano, pero moriremos, y seremos enterrados y ésta es la única apuesta de futuro en la que sabemos que no vamos a equivocarnos. La muerte forma parte de nuestra vida, ¿no es cierto?, está presente en cada acto, como ese horizonte al que irremisiblemente estamos abocados. La esencia de la vida humana es ésta, la autoconciencia del fin, saber que el tiempo siempre avanza y que al final todo se borrará. No nos engañemos, Rodrigo, no nos engañemos. Los dos sabemos que esto no va a durar eternamente, que la vida nos pasará por delante sin apenas habernos enterado y que un día nos la quitarán, en contra de nuestra voluntad, en contra de la voluntad de toda la gente que nos quiere, pero nos la quitarán, Rodrigo, nos echarán de aquí. ¿Creés que podemos hablar de otra cosa si sabemos que esto es así?, ¿de qué hablamos normalmente?, ¿a qué dedicamos diariamente nuestro tiempo y nuestras palabras si no es a eludir esa patética realidad que nos atenaza y nos impide seguir adelante?

Al fin hubo una breve pausa. Yo había bajado la mirada hacia mis manos apoyadas en el mantel. Mis manos ahora eran las de mi propio cadáver con el ataúd abierto. Era una imagen nueva para mí. Nunca en mi vida había pensado en estas cosas, al menos nunca de esta manera. Juro que tenía muchas ganas de llorar.

—Pensá, Rodrigo, en el trabajo, en el tiempo que nos absorbe el trabajo y luego pensá en lo que hacemos con nuestro tiempo libre, nuestra manera de rellenar el tiempo, nuestra manera de volcar siempre el pensamiento en algo, ¿no es cierto?, ahuyentar la soledad, el vacío, el terrorífico encuentro de nosotros con nosotros mismos, es decir, con nuestra propia muerte, que nos está esperando. Hacemos tantas cosas para no mirar hacia la muerte. Sabemos que hay un pasillo oscuro donde al fondo, más cerca o más lejos, ella nos está esperando, pero no queremos mirar ese pasillo y hacemos lo posible para mirar a otro lado. Pensá en tu tiempo libre, Rodrigo, ¿a qué solés dedicar los fines de semana?

—¿Eh? Déjame, por favor, esto no me hace ninguna gracia. Eres un morboso.

—¿Sentís ganas de llorar?

Sí, claro que sentía ganas de llorar.

—Llorá, Rodrigo, dale, llorá, te va a venir bien darle un escape a esa bomba de relojería que albergás en tu interior, el miedo a la muerte te está devorando por dentro y la parafasia es sólo uno de los muchos trastornos posibles asociados.

Ahora ya no me cabía ninguna duda: el doctor Fusilli se estaba vengando de mí por todo lo que tuvo que escuchar al otro lado del teléfono el día anterior. Pero saber esto no me servía de consuelo. Sin haberlas yo impulsado, mis lágrimas se deslizaron por la cara y se concentraron sobre los pómulos, como si éstos fueran un trampolín desde el que lanzarse al mantel. El mundo me parecía horrible y la vida era sólo un calambre que me recorría la espalda y estimulaba mi llanto. Es tan triste morirse. Es tan real la muerte, y tan parecida a la vida.

La voz de Fusilli volvió a sonar. Más grave.

—Hace cuatro años yo era una persona tan feliz como otra cualquiera, Rodrigo. Un día sonó el teléfono y la vida me enseñó su reverso, su otra dimensión, esa que vos estás incubando en tu interior. Yo no voy a hablarte ahora de mi hermano, él era el amor más grande de mi vida, con él pasé los primeros veintitrés años de mi existencia, día a día, hora a hora, minuto a minuto, hasta que le abandoné, Rodrigo, nunca me perdonaré haberle dejado solo para trasladarme a España, pero así lo hice, después de veintitrés años tuvimos que aprender a vivir solos, él me sacaba solamente dos años, era una persona tan generosa, tan buena, que en seguida la gente se aprovechaba de él.

Fusilli pareció reflexionar un momento. La verdad es que este hombre era para mí como un pozo sin fondo, nunca dejaba de sorprenderme. Estaba tan pendiente de él y de su historia, que dejé de llorar. Ahora, sin embargo, eran sus ojos los que estaban rojos y húmedos.

—Pero, en fin, ése ya es tiempo pasado, no puedo pretender traer al presente lo que ya no está, y mi hermano ya no está, me llamaron por teléfono para decirme que se había matado en un accidente, allá en Argentina, manejaba sereno cuando un colectivo se lo llevó por delante, mi único hermano, lo había perdido para siempre, la muerte había venido a demostrarme su verdad, a recordarme que nunca desaparecería de mi vida.

Fusilli se puso a sollozar, tanto, que empezó a oler a tierra mojada. Era como si él y yo estuviéramos comunicados por vasos comunicantes y todas mis lágrimas hubieran pasado ahora a su lado. Yo no sabía qué hacer ni qué decir para consolarle. Nunca ha sido mi especialidad consolar a la gente, y tampoco conocía en ese momento el nombre de ninguna pastilla que pudiera tranquilizarle. En fin, ya sé que esto que acabo de decir es una tontería, pero es que no es una situación muy fácil esa de estar delante de un psiquiatra llorando. La verdad es que el hombre daba pena.

—Perdoname, Rodrigo. No tenía por qué contarte nada de esto...

—Por favor, Héctor, sólo faltaría. Si puedo ayudarte en algo...

—Soy yo quien se supone que tiene que ayudarte a vos. Te ruego me disculpes, Rodrigo, he abusado de tu confianza, disculpame, de veras, disculpame, disculpame.

—Que sí, que sí.

Fusilli sacó un boli y una libreta del bolsillo de su chaqueta. Su llanto amainaba por momentos. Se enjugó las últimas lágrimas con la servilleta y aquello me produjo una repugnancia que el pobre psiquiatra no se merecía en ese momento.

—Mirá, Rodrigo, no sé si he sido un poco crudo en mi descripción, pero desde el primer momento he creído entender muy bien lo que pasaba en tu interior. En realidad sólo tengo que escuchar mi propio interior para saber lo que pasa en el tuyo —Fusilli le quitó la tapa al boli y apuntó algo en la libreta—. Verás, este, te apunto en este papelito el nombre de un ansiolítico que te quitará los nervios y esa comezón interior.

—¿Otras pastillas?

—¿Qué estás tomando?

—Tranquidona creo que se llama, o algo así.

—Eso no hace nada, es como tomarse una tila. Verás, tomate una pastilla de éstas por las mañanas y por las noches y estarás mucho más tranquilo. Lo de la parafasia deberá ir resolviéndose solo. En cualquier caso, mi opinión es que debés hacer psicoterapia si realmente querés solventar tu problema. Hay que hablar, Rodrigo, no hay que dejar que esos miedos se enquisten en nuestro interior. Y ante todo no te sientas un bicho raro. Lamentablemente la muerte, el miedo a la muerte, es el gran factor de desequilibrio psíquico en nuestra civilización. Ésa es la gran lección que le falta por aprender al hombre occidental, su relación con la muerte, su aceptación de la muerte como algo perfectamente natural.

Arrancó el papelito y me lo dio. Pero por mucho que pretendiera parecerse a un psiquiatra, para mí Fusilli era ya otra cosa. Los dos habíamos llorado juntos, estábamos comunicados por vasos comunicantes, éramos una misma máquina capaz de transformar el vino en una lluvia de lágrimas.

—Voy a hacer pis, ¿sabes dónde está el Albariño? —dije, ya de pie.

Cuando regresé del baño le pedí al camarero de la chaquetilla blanca, es decir, al hermano gemelo de Gabriel, que me preparara la cuenta, que quería pagarla allí mismo. Pensé que era obligado pagar la comida y así lo hice. Luego Fusilli y yo salimos juntos a la calle y fuimos paseando hasta la puerta de su consulta. Mientras caminábamos mi pensamiento se disparó en una sola dirección obsesiva y no pude controlarlo. Me preguntaba quién de los dos moriría antes, si Fusilli o yo, cómo serían nuestras muertes, quién tendría que acudir al entierro del otro.

—No me perdono mi actitud, Rodrigo, no sé qué me ha pasado, llevo unos días de tanto trabajo —dijo Fusilli, pero verle mover los labios era tan extraño como que un muerto camine en su propio velatorio.

—No te mortifiques, Héctor, vamos, quiero decir que no pre teocupes ni lo más nímimo, ¡mierda!

—Hay que sacarlo, hay que sacarlo, era rapafasia responde a un conflicto sin resolver en tu interior, hay que rodrigo, Sacarlo.

—No, si ahora nos va a dar el ataque a los dos —dije, tratando de quitarle madera al asunto.

Fusilli se detuvo delante de un portal y me dio la mano. Estaba muy serio. Evidentemente no le hacía ninguna gracia sufrir, después de todo lo que había ocurrido, un ataque de parafasia delante de mí.

—Medo yo deco aquí. Tenmame inmorfado —balbuceó el psiquiatra, que sorprendentemente mantuvo la calma.

—Si guesimos así, no meredio vas quedar, ¡dojer!, ¡qué porte soy!

—Try in english, Rodrigo, I think is the only way now.

—May be, may be, but it's so..., you know, so... triste.

—Yes, sure, but don't think about that, we will win this match, Rodrigo, we will win this match.

9.

Fusilli es el tío más demente que he conocido. Si se convocara un premio mundial a la demencia, Fusilli y Ernesto ganarían el primer premio *ex aequo,* sería imposible dilucidar cuál de los dos despunta, porque cuando se llega a determinados máximos sólo cabe rendirse ante la evidencia. A veces pienso que tanto Ernesto como Fusilli han conseguido contagiarme su demencia, y que todo lo que me ha estado pasando en estos meses y que está a punto de arruinarme la vida es una forma de demencia exactamente igual a la que padecen ellos dos.

Cada vez que me acuerdo de cómo terminó la comida entre Fusilli y yo, los dos abducidos por la parafasia y hablando en algo parecido al inglés, me da un ataque de risa, en serio. Creo que es lo único bueno que ha podido aportarme el hecho de conocer a semejante personaje: la risa que me produce su parafasia, su aspecto, su inglés con acento argentino. A veces me acuerdo de él por las noches, o de la dorada a la sal, o de sus morbosas preguntas sobre la muerte, y me da tal ataque de risa que tengo que salirme de la cama y bajarme al salón a esperar que la risa se me pase.

Aquel día, el día de nuestra comida, regresé por la tarde a casa muy contento, pues al liberarme de aquel pájaro, al que no pensaba ver nunca más en mi vida, me había quitado un peso muy grande de encima. Ya sé que Fusilli me había estado hablando de la muerte y de todas esas cosas, pero en aquel momento todo aquello me parecía una prueba más de lo mal que estaba su cerebro. Yo entendía que lamentara la muerte de su hermano y que le afectara enormemente, pero de eso a decir que si trabajamos y si ocupamos nuestro tiempo libre con la mayor cantidad posible de cosas es porque le tenemos miedo a la muerte, pues, sinceramente, me parecía que había un abismo. Así que compré una bandeja llena de mediasnoches y la llevé a casa y nos las comimos de cena mis hijos, mi mujer y yo. Arnold se puso a los pies de Belén, porque se acordaba de otras ocasiones en que mi hija, disimuladamente, le había dado la anchoa de su medianoche, pero en esta ocasión yo tuve mucho cuidado de no comprar mediasnoches de anchoa, para disgusto de Belén, y no digamos de Arnold. Durante la cena no sufrí en ningún momento nada parecido a la parafasia, ni me hice a mí mismo preguntas perversas, y eso me hacía estar cada vez más contento. Luego, cuando Marcos y Belén se acostaron, le conté a Pati mi encuentro con Fusilli, y le hice ver que el pobrecillo estaba como una chota, y que al parecer la muerte de su hermano había terminado de trastornarle, y por eso ya no veía más que féretros y cosas así por todas partes, y sólo sabía hablar de la muerte y decía que aunque pareciera que estábamos hablando de otras cosas, en realidad siempre estábamos hablando de la muerte.

—Y de tus problemas, ¿qué te ha dicho? —preguntó Pati.

—Me ha dado otras pastillas para los nervios, pero como comprenderás no pienso tomármelas.

Pati se encogió de hombros.

—He decidido hacer exactamente lo contrario de lo que me digan los psiquiatras, ya vale. Están todos locos, ¿sabes?

Por la noche, solo en la cama, medité sobre algunas de las cosas que me había dicho Fusilli. La verdad es que, ahora que la euforia posterior al encuentro se me había pasado, el psiquiatra me daba un poco de pena, porque, aunque fuera tendente al espectáculo, lo cierto es que había explotado a llorar delante de mí, casi un desconocido. En cuanto a mí, la explicación del miedo a la muerte como causa de todos mis males, incluida la parafasia, me parecía realmente catastrófica. Hay gente que considera que la culpa de todas las cosas que pasan en el mundo la tiene la televisión, y están muy contentos, y hay psiquiatras como Fusilli que piensan que la culpa de todas las enfermedades mentales de todos los pacientes del mundo la tiene el miedo a la muerte. Digo esto porque utilizar esa explicación para mi caso era tan acertado como decir que los objetos se caen al suelo... pues, sin ir más lejos, porque tienen miedo a la muerte. Es cierto que al principio las palabras de Fusilli me hicieron mella, pero es que, como ya he dicho, soy una persona con escasa personalidad, y tiendo a dejarme influir demasiado por las palabras de los demás. Es mi forma de ser, no puedo evitarlo. Cada vez que me llama una telefonista desde el banco para ofrecerme algún producto nuevo que van a sacar, acaba convenciéndome, de verdad. Tengo tantas tarjetas de crédito que mi cartera tiene un grosor parecido al de las memorias de Sara Montiel, en el caso de que las haya escrito. Últimamente, cuando me siento, me quedo medio inclinado hacia la izquierda, tal es el ladrillo que se alberga en el bolsillo trasero de mi pantalón.

En fin, lo que estaba diciendo es que aunque Fusilli me influyera en el momento, luego tuve la capacidad de verlo todo con más distancia, y afortunadamente pude darme cuenta de la nula importancia que la figura de la muerte había desempeñado en mi vida hasta ese momento. Siempre he sido una persona muy alegre, en serio, y jamás se me habría ocurrido pensar en la muerte de esa manera si no llego a conocer a un pájaro como Fusilli, igual que nunca habría pensado en la infelicidad que preside mi vida si no hubiera conocido a la doctora Montesa, la reina de los siete velos. Podría tener mis rarezas, como todo el mundo, pero desde luego no tenía por costumbre dedicar las veinticuatro horas del día a figurarme mi propia muerte, ni a sufrir anticipadamente por ella, por mucho que eso de morirse fuera una cosa extraña, eso ya lo sabíamos todos, pero tampoco era cuestión de dramatizar.

Cerré los ojos. Los párpados lo cubrieron todo de negro. En serio que no pensé en la muerte. Pensé en la vida, imaginé una vida fácil, agradable y armónica, como un tren que nunca descarrila, aunque tan sólo circule a 12 voltios. Era extraño, pero el tal Fusilli me había sentado bien.

Sexo apareció muerto en el pinar, tres semanas después de su desaparición. Fue ese fin de semana, el sábado a primera hora de la mañana. Dos chicos que no pertenecían a la urbanización, y que por lo visto eran atletas profesionales, madrugaron para hacer *footing* en el pinar y se encontraron con la desagradable sorpresa de ver a Sexo colgando de la rama de un árbol, despatarrado, con la lengua fuera, los ojos turbios como un agua estancada, y el rabo tieso y eternamente paralizado. Al parecer los chicos fueron en busca del servicio de vigilancia de nuestra urbanización y le pusieron al corriente del caso. Después de esto los atletas se fueron a una cafetería y se tomaron una cerveza y un plato de huevos revueltos con bacon y luego una copa de helado recubierta de nata, y ya nunca más volvieron a tomarse lo del deporte en serio. La verdad es que esto me lo he inventado, lo de la cafetería, pero pienso que después de ver una cosa así en el pinar, a uno se le deben de quitar las ganas de levantarse a las siete de la mañana de un sábado para colocarse unos calcetines blancos y ponerse a correr y a sudar como un loco. Personalmente yo odio el *footing*, y en mi caso no hace falta que vea ninguna clase de perro colgando de un árbol para que se me quiten las ganas de practicarlo.

El caso es que ese día, y los sucesivos, no se habló de otra cosa en el centro comercial, ni en el club deportivo, ni siquiera en la parroquia de la urbanización, a la que, por cierto, nunca he ido. Evidentemente en nuestra urbanización no existían precedentes de perros que se hubieran suicidado ahorcándose con una cuerda, y eso hizo pensar a todos nuestros vecinos que había existido alguna clase de intervención con forma humana, aunque lo cierto es que en nuestra urbanización tampoco había precedentes de perros ahorcados por personas. Lamentablemente Lope de Vega no es una persona demasiado querida entre nuestros vecinos (sólo lunáticos como mi padre y yo podemos tenerle afecto), y mucha gente, con motivos bastante fundados, tiende a relacionarle con los casos de exhibicionismo producidos en el pinar, y por eso piensan que lo de la muerte de su perro pudo ser una especie de castigo o venganza por sus comportamientos tan poco correctos, los de Lope de Vega. Toda esta clase de chismorreos me los contó Pati cuando volvió del trabajo al mediodía y también me dijo que a muchas de las señoras que acudieron a su tienda de marcos se les escapaba una sonrisa de satisfacción al hablar del tema y que todas parecían saber demasiado bien que el asesinato de Sexo no iba contra el perro, sino contra su dueño. Una cosa curiosa esta. Aunque no tenga nada en contra de ti, pobre animal, te voy a matar.

A nosotros la noticia nos llegó muy pronto, cuando todavía estábamos en la cama. Diego, el amigo de Marcos, vino con su padre, que también se llama Diego, y nos contaron que desde la ventana de su casa pudieron ver el revuelo que se montó en el pinar, y que al parecer a los de la vigilancia no se les ocurrió nada mejor que llevar al pobre Lope de Vega al lugar de los hechos, donde éste tuvo su particular manera de constatar que aquél era su perro: se desmayó allí mismo. Sexo era el ser al que más quería del mundo, y verlo colgando de la propia soga roja que él mismo le pusiera como collar, fue una experiencia demasiado dura. Yo pasé toda la mañana dándole vueltas a todo este extraño acontecimiento, mientras Marcos y Belén jugaban a ahorcar con cuerdas a todos sus muñecos y animales de plástico, y el gato Arnold les observaba recelosamente desde el último estante de la librería de pladur. La verdad es que aquel acontecimiento tan turbio me revolvía las tripas. Recordaba con placer y enorme agradecimiento la noche que pasamos buscando a Sexo a grito pelado. Me resulta muy triste pensar que pueda haber gente tan resentida y tan estrecha de miras, y que es capaz de asesinar de semejante manera a un pobre perro sólo porque su dueño lo llama Sexo o porque su dueño tiene a bien, en el caso de que esto fuera cierto, pasearse por el pinar con una gabardina y, como mucho, asustar desde la distancia a cuatro paseantes conversadores, o sea, conservadores, bueno, las dos cosas.

Mi padre y yo quisimos ver a Lope de Vega para transmitirle nuestras condolencias por la noticia y nuestra solidaridad, pero en su casa nos dijeron que el señorito Lope de Vega no recibía a nadie. Éste era el final de una triste historia para Lope de Vega. Enterró a Sexo en el jardín, muy cerca de la piscina donde al animal tanto le gustaba bañarse. En un mismo día, le tocaba descubrir unas cuantas cosas. Por ejemplo, que tendría que pasar el resto de su vida sin su mejor amigo. O, por ejemplo, que su urbanización le había mandado un mensaje bien claro: no te queremos.

A partir de ese momento las ya viejas apariciones del exhibicionista en el pinar fueron cada vez más frecuentes. Esto le pareció a todo el mundo una prueba clarísima de que el exhibicionista era Lope de Vega, que como contrapartida al asesinato de su perro había decidido incrementar sus ofensas a las bienpensantes familias del Parque Conde de Orgaz. En efecto, así debió de ser, aunque reconozco que en aquel momento yo pensé en la inocencia del pobre muchacho, pues nadie había conseguido verle desde que Sexo apareció muerto, y me extrañaba mucho que sin embargo hiciera expediciones desde su casa hasta el pinar sin que nadie le descubriera, ni allí ni en el camino. Ahora resultaba que todo el mundo había visto al exhibicionista, incluso aquellos que jamás habían entrado en el pinar, y se dieron algunos casos de avistamientos producidos exactamente a la misma hora en extremos opuestos del bosque, lo cual podía significar cosas bien distintas: o bien que los exhibicionistas proliferaban como setas bajo los pinos, o bien que en realidad no había exhibicionista alguno y eran los fanfarrones los que proliferaban como pinos bajo las setas. Todo esto nos tuvo bastante entretenidos en casa, sobre todo a mí, que dediqué todas las fuerzas que tenía a convencer a Marcos y a Belén de que no íbamos a ir al pinar y que eso del exhibicionista era mentira, a lo cual ellos, con mucha lógica, me respondían que si era mentira no había ningún problema para ir y dar una vuelta en bici como siempre.

Pero una noche, el señor Salaberría, según se contaba al día siguiente en el barrio, y según él mismo relató en la posterior junta de vecinos, se encontró con el exhibicionista cuando daba uno de sus habituales paseos nocturnos y pudo reconocer perfectamente a Lope de Vega.

El señor Salaberría es un juez muy prestigioso y además de ser vasco dedica dieciséis horas al día a caminar por la urbanización, siempre a una velocidad vertiginosa, tal y como al parecer hacía de joven en su pueblo natal de Elorrio. A mí me hace gracia que este hombre ande tanto y que lo haga tan rápido y puedo jurar que en más de una ocasión le he visto adelantar al coche de vigilancia, que es el único vehículo dentro del Parque Conde de Orgaz que respeta el límite de velocidad de 30 kilómetros por hora. A mí el señor Salaberría me cae simpático, porque al igual que Lope de Vega consigue ser distinto al resto de sus aburridos y multimillonarios vecinos. El jardín del señor Salaberría está compuesto exclusivamente por especies autóctonas de la provincia de Vizcaya, y no tiene ni césped, ni piscina, ni pista de tenis: en su lugar tiene un frontón para jugar a la pelota vasca, que es a lo que el juez se debe de dedicar en las ocho horas del día que no se dedica a pasear.

El caso es que Salaberría aseguró haber reconocido a Lope de Vega en el pinar y esto fue definitivo para el hasta entonces presunto exhibicionista, pues el prestigio del señor Salaberría en nuestra urbanización es enorme. Parece que el señor Salaberría estaba atravesando el pinar como una exhalación cuando descubrió que detrás de un árbol se escondía un hombre con una gabardina a punto de hacer su aparición delante de una parejita de adolescentes. Salaberría, lejos de alterar un ápice su trayectoria, siguió adelante, y cuando estaba muy cerca del exhibicionista, éste se dio la vuelta, y dio un grito asustado, no porque el señor Salaberría dé un miedo particular, sino porque se había visto descubierto. Salaberría aseguró en la junta de vecinos que aquélla era la cara de Lope de Vega y que incluso en el grito desgarrado que emitió pudo reconocer a esa misma persona que durante días recorrió la urbanización en busca de un perro llamado Sexo. Dijo que entonces Lope de Vega se abrió la gabardina y que no llevaba más prendas debajo y que en todo lo que el muchacho dejó al descubierto también podía reconocerse sin duda a Lope de Vega. Bueno, esto en realidad no lo dijo, pero me gusta imaginármelo así. A continuación, Salaberría, que no es un hombre que se deje impresionar fácilmente, continuó su recorrido, y sólo cuatro horas después, cuando lo hubo terminado, expuso su caso a la Policía Nacional, pues él no confiaba demasiado en la empresa de vigilancia de la urbanización, a cuyos coches en tantas ocasiones había adelantado personalmente con su paso ligero.

A mí este incidente me producía bastante pena. Pena por el pobre Lope de Vega, que encima de haber perdido a su perro de forma tan dramática, ahora tenía que ver fatalmente humillada su trayectoria como exhibicionista, pues no sólo había sido descubierto por la espalda, sino que además, y esto es lo peor, había sido completamente ignorado por el señor Salaberría, al que ni siquiera una gabardina abierta le perturbaba en su paseo.

Todo esto, como es lógico, disparó la natural necesidad de escándalos que tiene la gente. Al día siguiente un numeroso grupo de abnegadas madres de familia decidieron organizar protestas delante de la casa de los Lope de Vega. Lo que querían, aparte de entretenerse un rato, era protestar por el exhibicionista, señalarle con el dedo, pedir que definitivamente volviera la paz al pinar de la urbanización y mostrar su integridad moral frente a semejantes cochinadas. Yo me enteré de estas protestas cuando vi pasar delante de casa a mi hermana Nuria y a mi madre, que, armadas con una pancarta en contra de la inseguridad de la urbanización, se dirigían enérgicamente hacia la casa de los Lope de Vega. Ellas me informaron de la concentración que se había convocado y me explicaron las razones por las que habían decidido acudir, entre las cuales puedo destacar dos: una, que lo del exhibicionista era intolerable, y la otra, que lo del exhibicionista era realmente intolerable. Pero en realidad eran otras las razones que movían a mi madre y a mi hermana. Quizá parezca que soy un mal pensado, pero sé que la razón de fondo que les hacía ir allí era estar más cerca del exhibicionista, respirar su mismo aire, cotillear su casa, alimentar su imaginación con fantasías de toda clase. Tanto odio al exhibicionista, tanto rigor moral delataban una enorme atracción por lo prohibido, la obscenidad, las grandes presencias tras una gabardina. En realidad todos los que allí se agolparon —debo decir que no fueron sólo mujeres— esperaban una sola cosa: que Lope de Vega se asomara a la ventana y corriera las cortinas, corriera la gabardina, corriera todo cuanto estuviera en su mano.

Cuando mi madre y Nuria desaparecieron calle arriba, fui a ver a mi padre. Le encontré muy bajo de moral, en una actitud que no era propia de él. Estaba en el porche viendo un telefilme alemán sobre una niña adoptada que acaba enamorándose de su verdadero padre o algo así.

—Rodrigo —me dijo—, tengo que decirte una cosa.

Pensé que mi padre iba a hablarme de la caza de brujas que se había organizado en el barrio y que parecía haberle derrotado definitivamente.

—Tú no eres adoptado —dijo entonces, y soltó su característica carcajada.

Luego me preguntó si había visto a mi madre y a Nuria y si pensaba que les habría dado ya tiempo a llegar a casa de Lope de Vega. Le dije que sí.

—Entonces, vamos, acompáñame. ¿Puedes llevarme en coche?

Recogí a mi padre en la puerta de su casa dos minutos después. Iba con un megáfono en la mano, no sé de dónde lo habría sacado.

—Papá, por favor —le dije—. ¿No crees que ya ha habido bastantes escándalos?

—Lope de Vega merece algo más por nuestra parte. Arranca ya de una vez.

Le hice caso y arranqué. Reconozco que yo era el primero que tenía ganas de reírme un rato de mis vecinos integristas y sabía que con mi padre lo iba a conseguir. Llegamos al cruce donde vivían los Lope de Vega. Allí había concentradas unas veinte o treinta personas. Como la mayoría eran gente de estudios y buenos modales habían decidido no proferir gritos ni cánticos ni cosas de ésas, y apostaron por una sentada silenciosa, en la que el contenido de sus proclamas se limitara exclusivamente a las numerosas pancartas en contra del exhibicionista y de la impunidad con que actuaba. Yo creo que en realidad habían decidido no gritar para así tener todo el tiempo para chismorrear unos con otros, que al parecer es lo que hacían mientras sujetaban sus ingenuas pancartas. Los miré y pensé en la familia de Lope de Vega, en el trago que estarían pasando sus padres, ahora encerrados en casa junto a su hijo, sin ni siquiera atreverse a salir al jardín o a asomarse por la ventana. Entonces sonó la megafonía, quiero decir, la voz de mi padre al megáfono:

—Españoles todos —dijo—, ¿se me oye?

Todos se giraron hacia nosotros, aunque a mí no creo que me vieran, porque hábilmente me dejé escurrir por el respaldo del asiento.

—¿Sabéis lo que os digo?, que sois todos una pandilla de exhibicionistas, sí, vosotros, ¿es que no veis lo que estáis haciendo?, ¿no veis cómo os gusta exhibiros delante de todo el mundo? Pues sí, sois unos exhibicionistas, no sabéis hacer otra cosa más que exhibiros, exhibís vuestro dinero, exhibís vuestros coches y vuestros collares, os paseáis todo el día por el centro comercial para exhibir vuestros cuerpos bronceados y vuestras camisas de veinte mil pesetas, y luego pretendéis juzgar a una persona sólo porque...

Mi padre interrumpió sus palabras porque mi madre y su amiga francesa, la señora Delecourt, se acercaban peligrosamente al coche.

—Avanza un poco, Rodrigo —me dijo, y así lo hice.

Con el coche en marcha mi padre aprovechó para añadir algo más por el megáfono.

—Y eso sin entrar en detalles —dijo—, porque si entráramos en detalles podríamos hablar, por ejemplo, de la costumbre de Madame Delecourt, que toma el sol en top-less, y a veces ni eso, me lo ha contado su jardinero, o de la lencería erótica que se ve colgada en el patio de la señora Garrido, o del tipo de películas que suelen solicitar en el videoclub los García San Juan, los Villena, los De la Torre, los Fernández Sandoval, los Prieto, los Calvo, los Herrero...

Mi padre siguió diciendo unos cuantos nombres más, aunque ya nadie de la concentración podía oírle, porque ante la airada reacción de la señora Delecourt, que comenzó a perseguir el coche con varias piedras en las manos, no nos quedó más remedio que darnos a la fuga y volver a casa, los dos muertos de risa.

Pero la ayuda de mi padre, de gran valor moral, sirvió de poco a los Lope de Vega. Las concentraciones siguieron durante varios días y a la postre acabaron consiguiendo su propósito. Una noche, a las cuatro de la madrugada, dentro de su coche, los Lope de Vega abandonaron para siempre la urbanización del Parque Conde de Orgaz. Se fueron a escondidas, como unos delincuentes, eternamente ofendidos por un vecindario demasiado ocioso y desocupado. Al día siguiente, tres camiones de mudanza vaciaron la casa entera y un gran cartel de SE VENDE cubría la ventana de Francisco Lope de Vega, aquella por la que sus furiosos detractores hubieran esperado alguna que otra alegría a tantas horas de méritos. Pero las concentraciones se disolvieron y las buenas madres de familia volvieron a sus casas a hacerse las uñas y organizar con el servicio las comidas de toda la semana. Ya está. Nunca más volvimos a ver a Lope de Vega. En los últimos tiempos nuestra urbanización se estaba quedando sin algunos de sus personajes más carismáticos: Ernesto, alias «Don Perfecciones», o Francisco Lope de Vega, el amante del sexo. Espero que a nadie se le ocurra tocar nunca a mi padre.

La marcha de los Lope de Vega dejó un halo de tristeza en la urbanización. Incluso Pati y los niños se quedaron muy afectados por el final tan triste que habían tenido los acontecimientos y no dejaban de recordar la noche que pasamos cuando todos juntos buscamos a Sexo. Por la noche, la primera noche sin Lope de Vega, tuve un sueño rarísimo, un sueño que desde entonces no ha dejado de obsesionarme. Soñé que la muerte venía a buscarme disfrazada con una chaquetilla negra como la del camarero Gabriel, y me hablaba en inglés y me decía que su nombre era Walter Ego y que había venido a por mí. Yo, que estaba sobre una pista de *ice packing*, y llevaba una chaquetilla blanca como la del hermano de Gabriel, trataba de huir de Walter Ego, pero no podía porque mis pies resbalaban sobre el hielo. Entonces Walter Ego me puso la mano encima y me dijo: «Your time has come», y, sorprendentemente, yo le respondí con acento argentino: «O me hablás en castellano o acá no nos entendemos». Pero entonces yo me convertí en Walter Ego, era muy raro, y aunque intenté hablar en español fui totalmente incapaz de decir dos palabras seguidas y cuando más desesperado estaba porque mi boca no era capaz de decir lo que yo quería, entonces me desperté. Sudando. Con la oscuridad de la habitación marcando un círculo alrededor de mis ojos. Pati durmiendo, y yo solo. Solo en medio del mundo. En medio de la noche, de la oscuridad, de la muerte. Sexo cuelga de un árbol y ya no respira. Su aliento caliente es ahora el frío de la carne muerta.

Totalmente desvelado, me bajé al cuarto de estar, encendí la luz y traté de hojear una revista, como manera de distraerme de las obsesiones que me asaltaban. Pero fue inútil. En esa noche, marcada por la ausencia de Lope de Vega, creí ver con claridad algunas cosas. Me dio por pensar que a lo mejor el demente de Fusilli tenía razón y que yo tenía miedo a la muerte y que hasta ahora no me había dado cuenta y eso era lo que me estaba provocando todas mis terribles afecciones psiquiátricas. Fusilli, la muerte de Sexo, ese extraño sueño. No era fácil escapar de ello, notaba la presencia de la muerte cerca de mí. Los últimos días habían sido tan agitados, que no tuve ataques de parafasia, ni tiempo de pensar en ellos. Pero ahora, en aquel contexto, sabía que la parafasia podía dispararse en cualquier momento. Pensé en subir al cuarto y despertar a Pati para decirle que tenía miedo, pero intuía que sería difícil hablar. Me quedé solo con mis palabras, imaginando el momento de mi propia muerte.

En los siguientes días no tuve, curiosamente, más ataques de parafasia. Esto fue debido a que tanto en casa como en la oficina estuve callado y pasivo, mirando la línea del horizonte del mar, lo cual resulta ya bastante sintomático, porque Madrid, la ciudad donde vivo y trabajo, está a más de trescientos kilómetros de la costa. En realidad, podría decirse que mis ataques de parafasia fueron sustituidos por un único y prolongado ataque de abulia, aunque la abulia se parezca a cualquier cosa menos a un ataque. La muerte de Sexo, la desaparición de Lope de Vega y el recuerdo de Fusilli me habían dejado literalmente aplastado. Fusilli era una especie de peso, ahora sí, que se me había metido dentro. Pensar en él ya no me hacía reír, al contrario, me desesperaba. Fusilli representaba la aparición de la muerte en mi vida, porque ser realmente consciente de la muerte es casi lo mismo que morirte, y Fusilli me enseñó a ser consciente de la muerte. Estuve muy decaído durante bastantes días, sin apenas comer y preocupado exclusivamente por el sentido de la existencia. Mi rendimiento en el trabajo fue nulo, aunque nadie me dijo nada, pues yo soy el jefe, y en casa no existí ni como padre ni como esposo, y tanto Pati como Marcos y Belén no hicieron otra cosa que tratar de recuperarme para la vida, devolverme la alegría, la energía y las ganas de coger el coche para ir al centro comercial a alquilar una película de vídeo y comprar unas pizzas. Pero, contrariamente a sus deseos, yo rehuía cualquier clase de actividad, porque, la verdad, subir al centro comercial, alquilar películas de vídeo y comprar pizzas me parecían también maneras soterradas de esconderse de la muerte. Soterradas e inútiles.

Ya no sólo era una persona parafásica, ya no sólo era una persona obsesionada con la felicidad, ahora resultaba que le tenía miedo a la muerte, hay que fastidiarse.

Fusilli me había contagiado el virus y parecía imposible librarse ya de él. Una tarde, cuando volví del trabajo (o sea, de mirar la línea del horizonte del mar), me dijo Estrella, nuestra asistenta, que había llamado un tal Héctor Fusiles y que había tenido tiempo de rebozar y freír todas las berenjenas mientras el tal Fusiles le hablaba. Le dije que si volvía a llamar le dijera al señor Fusiles que me había muerto, que era una desgracia terrible e imprevisible, pero que me había muerto para siempre. Evidentemente estaba dispuesto a cualquier cosa menos a hablar con Fusilli de la muerte, de la brevedad de la vida, o de las terribles consecuencias del holocausto nazi. Así que después de eso me asomé al ventanal del salón y observé el jardín de mi hermana Nuria y maldije con todas mis fuerzas a mi ex cuñado Ernesto, que me había presentado a Fusilli y que, por supuesto, era el responsable de todo lo que a mí me pasaba. Pero ver la hierba tan alta en casa de Nuria, y con las puntas amarilleando, me produjo una tristeza enorme, y de nuevo, no sé por qué, me hizo pensar en cosas bastante desagradables. Así que salté la valla del jardín, pegué un susto terrible a mi hermana Nuria y le ofrecí segar el césped antes de que se le estropeara definitivamente. Mi hermana Nuria accedió con desconfianza, porque se fía menos de mí que de los marroquíes, de los que no se fía nada, pero yo fui a su garaje, saqué la segadora de Ernesto lleno de satisfacción, la arranqué, y comencé a trazar líneas rectas a lo largo del jardín. Segar el césped de Ernesto consiguió sacarme temporalmente de mi abulia. Es un trabajo fácil pero que requiere mantener la concentración. No debes torcerte nunca y debes empujar la segadora siempre a una velocidad constante. Éste era el único mensaje que ocupaba mi inteligencia mientras segaba. Resultaba imposible pensar en otra cosa. Entendí que era una manera perfecta de escapar de uno mismo, de rehuir las extrañas trampas que a veces nos tiende el pensamiento. Y entender eso me hizo compadecer al necio de mi ex cuñado, que ya a las siete de la mañana solía refugiarse en aquella terapia, hasta tal punto se tenía miedo a sí mismo y a su pensamiento. Cuando pensaba en esto vi volar unas flores naranjas y entonces bajé la vista y vi que, sin querer, le había segado a mi hermana Nuria una fila de los claveles chinos que con tanto primor plantara en su día Ernesto. Disimuladamente me di la vuelta, miré hacia el salón de Nuria y comprobé que por suerte nadie me observaba. Minutos más tarde recogí los claveles chinos con un rastrillo y allí no había sapado nada.

Una o dos semanas después de la marcha de Lope de Vega, bastante harto de aquellas monsergas que me obsesionaban, quise relajarme con un paseo nocturno por la urbanización. Sin embargo, no lo pude evitar y caminé hacia el pinar, como si una llamada desde allí me impidiera coger cualquier otra trayectoria: la llamada de Sexo, quizá, de Lope de Vega, la llamada de lo oscuro, que me producía hormigueos y temblores en las piernas, pero que no era capaz de rechazar. La muerte de la que huía me cercaba por otro lado: un campo de fuerza, un bosque en la noche al que se dirigían mis pasos.

El pinar estaba en silencio y no parecía haber nadie dentro. La llamada de lo oscuro sería muy potente, pero yo no me atrevía a entrar allí ni aunque me hubiera bebido dos garrafas de vino. Me limité a observarlo desde la calle Carondelet. No era un bosque especialmente bonito ni frondoso, por no decir que era horrible. Los pinos eran un poco chatos y sus troncos eran finos y encima toda la superficie del suelo estaba cubierta de una desagradable capa marrón de agujas de pino. No sé si había algo de luna o era la luz de la autopista que delimita el pinar por el otro lado, pero el caso es que se veía bastante bien toda la profundidad del bosque, por otra parte muy poco denso. Pensé que era el lugar menos adecuado del mundo para que se escondiera un exhibicionista. Los árboles eran tan finos que resultaba imposible camuflarse detrás de sus troncos, por muy delgado que fueras. Era un lugar poco romántico y la labor de Lope de Vega no me pareció nada grata en aquel entorno.

Algo se movió de repente hacia mi izquierda, en la parte más oscura del pinar, donde termina la calle Carondelet. Pensé que sería un atleta haciendo *footing,* si es que a alguien le quedaban aún ganas. Pero no. Una extraña forma agachada se escondía detrás de los árboles, se movía en zig-zag, avanzaba hacia mí.

—¡¿Quién anda ahí?! —grité.

La forma se detuvo. Al parecer mi voz tiene el poder de paralizar a la gente.

—¿Quién eres? —fue la respuesta que obtuve. Esa voz me resultaba familiar.

—¿Quién eres tú? ¿No serás tú, papá? —en ese momento me di cuenta.

—Pero, Rodrigo, hijo, ¡qué demonios haces aquí!, ¡vaya susto que me has dado! —dijo mi padre que, soltando una carcajada, vino hacia mí.

Llevaba puesta una gabardina viejísima y que le llegaba por encima de las rodillas. Su aspecto era lamentable, pero más lamentable debía de ser aún el estado de su mente, que no sé qué extraños delirios habría tramado. Una sonrisa de satisfacción le ocupaba el ancho de la cara cuando llegó a mi lado. Se quitó la gabardina, debajo de la cual, afortunadamente, llevaba un chándal, y la guardó en una bolsa de plástico.

—Anda, vámonos, y no me mires con esa cara.

Comenzó a andar hacia casa y yo le seguí.

—Pero, papá, ¿a qué estás jugando?, ¿cómo se te ocurre ponerte eso después de todo lo que ha ocurrido? ¿Quieres que nos echen de la urbanización?

Mi padre no respondió. Caminaba deprisa. Yo trataba de seguirle.

—¿Por qué haces esto, papá, por qué?

—¡Quieres dejarme tranquilo! ¡¿Es a esto a lo que has venido?! ¡¿No me habrás seguido?!

—No, no te he seguido, pero el caso es que te he encontrado en la gabardina con un pinar, bueno, eso, y me gustaría que me lo explicaras.

—Piensa un poco, hijo, piensa un poco.

—Qué tengo que pensar.

Mi padre se detuvo y me miró a los ojos.

—Si ahora que Lope de Vega se ha ido de la ciudad resulta que hay nuevos casos de exhibicionismo en el pinar, ¿qué crees que pensarán nuestros vecinos integristas?

—¿El qué?, ¿que se equivocaron?

Mi padre volvió a caminar. Ahora más despacio.

—Claro, coño, pensé que te había lavado el cerebro tu hermana.

—Ya, pero y si te descubren.

—No me van a descubrir. ¡Cómo me gustaría ver las caras que se les pone cuando oigan que hay nuevos casos! Ja, ja, ja, nunca se librarán. Lope de Vega se merece esto y mucho más, Rodrigo, mucho más.

Asentí. Creo que mi padre siguió hablando, pero yo no le presté mucha atención. Mi pensamiento se disparó en mil direcciones distintas. El noventa y cinco por ciento de ellas seguían conduciendo hacia la muerte, la mía, la de los ahorcados, la de los exhibicionistas, la de los perros. El otro cinco por ciento de mis pensamientos estaba dedicado a mi padre, un hombre más allá de las convenciones, pero siempre acompañado por la razón y por una bondad muy profunda. Quise que mi padre fuera mi padre, y como ya lo era, quise que fuera el padre de todo el mundo, lo cual, por varias razones, creo que a él también le habría gustado.

La casa de los Lope de Vega fue ocupada un mes después. Más allá de los recuerdos, que para siempre vincularían esa casa con ellos, estaba el cuerpo de Sexo, enterrado a un metro del suelo, junto a la piscina, aunque de esto no supieran nada los nuevos inquilinos. Sexo era el testimonio de un tiempo mejor, y de que la muerte, tarde o temprano, nos llega a todos.

10.

En serio que lo intenté. Intenté como pude no pensar más en la muerte, en la infelicidad y en la parafasia. No quería dejarme derrotar, quería salir adelante y volver a ser la persona que siempre había sido, con mis aficiones, mi familia y mi trabajo. Pero era más fuerte que yo. Algo se me había metido dentro. Si tu cabeza se empeña en pensar algo y tú no lo controlas estás perdido, porque tu cabeza está dentro de ti, tu cabeza eres tú.

Una mañana de domingo, Pati se levantó temprano y trajo churros y porras para desayunar. Nos sentamos los cuatro en el salón. Yo no estuve muy locuaz, como era ya costumbre en los últimos tiempos. Pero me llamó la atención que tanto Marcos como Belén levantaran de vez en cuando la vista de su colacao para mirarme con curiosidad, como si en mí —en mi melancólico estado de ánimo, mi silencio, mi expresión probablemente desoladora— hubiera algo que les obligara al respeto, a mirarme con precaución desde la distancia, sólo unos instantes, lo justo para que ninguna repentina manifestación de mi mal pudiera herir el brillo de sus pupilas redondas y de sus diminutos brazos desnudos.

Cuando terminamos de desayunar, los niños, sin dejar de dirigirme ciertas miradas desde la escalera, se fueron arriba. Pati fue detrás de ellos.

—No te muevas de ahí, cariño —dijo asomándose a la barandilla, con una enorme pero extraña sonrisa. Cuando mis hijos hacen el pino y al mismo tiempo les hago cosquillas, su risa está boca abajo y parece la expresión de un amargo dolor. La risa de Pati, al decirme aquello, era de ese tipo: sólo tenías que darle la vuelta para darte cuenta de que algo amargo había en ella.

Me quedé delante de mi café con leche. La luz de aquel día nublado era muy extraña. Los días nublados de verano tienen el poder de transportarme a la infancia. Son días con mucha personalidad, incrustaciones nórdicas dentro del ritmo del verano. Días apagados, pero capaces de rescatar una parte recóndita de nuestro interior, un pequeño ser británico que todos llevamos dentro, sonrosado y con jersey a cuadros.

Unos ladridos entrecortados y quejumbrosos me hicieron girar la cabeza. Vi a través de la ventana que una gran humareda invadía la calle y la entrada de nuestra casa. Abrí la puerta, rescaté al imbécil de Arnold, que estaba al borde de la asfixia y vi que el jardinero de enfrente, al otro lado de la calle, había decidido una vez más hacer una pira en la parte trasera de su jardín, con todas las hojas secas y ramas que generaban sus olmos milenarios, o casi. Entré en casa y me senté de nuevo frente al café con leche. Ahora podía oír el crepitar de las llamas y las explosiones de las ramas secas.

Entonces la voz de Pati y, unos instantes después, la de Marcos y la de Belén entonaron la canción de cumpleaños feliz y bajaron las escaleras en fila, como en una teleserie americana, cada uno con un paquete en las manos. Mi desconcierto fue tremendo, porque hubiera jurado que aún faltaban un par de meses para el día de mi cumpleaños, así que tardé unos cuantos segundos en entender que era yo el destinatario de aquella canción y aquellos regalos. Me emocioné un poco, no voy a negarlo, pero traté de disimular. Belén me regaló un libro de gatos. Marcos, una bomba hidráulica para hinchar la bici, ya que yo siempre protestaba cuando, además de mi bici, tenía que hinchar las de mis hijos. Pati me regaló un tren monorraíl que iba por el aire y que podía añadir a mi maqueta. Lo que hice al ver todo aquello fue derrumbarme interiormente, como si mis piernas y mi abdomen hicieran el vacío e intentaran succionar todos mis sentimientos hacia abajo. Quería que, aunque la muerte llegara algún día, yo pudiera conservar para siempre la memoria, el recuerdo eterno de mi mujer y mis hijos, a los que tanto quería.

Tiempo después empezó a llover. Una lluvia lenta y ligera que mojaba las cosas, pero que no se veía caer. Estaba cumpliendo treinta y ocho años. Una edad en la que uno no sabe si mirar hacia delante o hacia detrás, los cumpleaños que lleva o los que le quedan. Era domingo y llovía. Nunca a primeros de julio había llovido de esta forma tan pausada.

Pati y Marcos subieron al centro comercial a comprar una tarta. Belén se quedó conmigo, o con la tele, que encendió en el mismo momento en que Marcos salió por la puerta. Marcos nunca deja tranquila a Belén cuando ve la televisión. Él quiere cambiar de cadena cada cinco segundos. Belén no quiere cambiar nunca: sea lo que sea, quiere seguir viéndolo eternamente. En aquella mañana, mi hija se quedó pegada a un documental sobre la vida sexual de algunos animales. El documental, aparte de grimoso, era impresionante, debo reconocerlo. Se describía cómo en casi todas las especies animales el macho asedia a la hembra para copular, hasta el punto, en muchos casos, de poner en peligro su vida, la del macho. Éste era el caso por ejemplo de las arañas o los escorpiones, que al segundo de terminar el acto sexual se ven atacados por la hembra, repentinamente peligrosa. A continuación se relataba el horripilante caso de la mantis religiosa, que en pleno acto sexual puede llegar a comerse la cabeza del macho, mientras la cola de éste, que se mueve con independencia de su cabeza, sigue intentando copular. La imagen era sobrecogedora. Me afectó tanto que tuve ganas de apagar el televisor, pero no quise darle un disgusto a mi hija. Me levanté. Me dirigí a la escalera para subir a mi habitación. Pero no lo hice. Tuve miedo de estar solo, solo mi pensamiento. Volví a sentarme con Belén y seguimos viendo el documental. Pensé que un futuro frío, infinito, extraño como una partida de *ice packing* nos esperaba a los dos.

Por la noche vinieron a cenar mis padres y mi hermana, llenamos el estómago de suculentos manjares, y como gran acontecimiento permitimos que los niños vieran en vídeo una película para mayores de catorce años, una de esas llenas de tiros y persecuciones (que curiosamente son las que más le gustan a mi hermana Nuria), mientras los mayores seguíamos de charla en la mesa. Más allá de mi estado, la cena estuvo presidida por una ausencia, un gran vacío intermediando en nuestras relaciones, Ernesto, que al no estar allí para ponernos nerviosos con sus inoportunos comentarios, nos hacía sentir a todos nosotros el síndrome de abstinencia de sus zumbidos, su ruido y su agitación permanente.

—¿Me pones un poco de agua, Rodrigo? —dijo mi hermana Nuria, removiéndose mucho en la silla, y pretendiendo con ello poner fin de una vez al interminable recuento que Pati y mis padres hacían de todas las veces que el hombre del tiempo se había equivocado en el invierno pasado.

Cogí la jarra, y por tenderle un cable a Nuria, decidí cambiar de tema.

—¿Qué sabes de Ernesto?, ¿cómo le va? —pregunté educadamente, aunque por dentro estuviera ya arrepintiéndome de proponer semejante tema de conversación, como si en el mundo no hubiera millones de temas muchísimo más interesantes y relajantes que ése. Lo siento pero soy así. Me pongo en plan espontáneo a cambiar de tema y resulta que no se me ocurre nada y al final tengo que sacar a relucir a Ernesto, que como tema de conversación me pone particularmente nervioso.

Sé que mi hermana respondió de algún modo a mi pregunta, pero yo no oí sus palabras. Lo que sí oí fueron los siguientes gritos:

—¡Ehhh!, ¡¡¿pero qué haces?, ¿te has vuelto loco o qué?!! —dijo Nuria mirándome con cara de horror.

Yo también la miré a ella con cara de horror. Mi hermana parecía recién salida de las cataratas del Niágara. En serio, estaba empapada, daba muchísima pena verla así. Le había caído encima el contenido entero de la jarra, mejor dicho, yo se lo había tirado, no en su vaso, sino en su vestido, en sus brazos, en todo su cuerpo. Yo debía de estar tan distraído con mis pensamientos en torno a Ernesto que no me di cuenta de lo que hacía, a saber, echar el agua sobre las personas, y no sobre los vasos, que es donde se echa. No sé, a veces lo de pensar y actuar a la vez no se me da muy bien.

La pobre Nuria estaba tan sorprendida que ni siquiera se enfadó, al menos al principio, cuando mi padre no había desatado todavía su sarcástica risa entrecortada. Pero a mí no me pareció bien que mi padre se riera de esa manera. No me gustaba nada lo que había ocurrido, no por nada, sino por ver a mi hermana tan desamparada, inmóvil sobre la silla, con la ropa pegada al cuerpo en plan Bo Derek, y sin un marido a mano sobre el que descargar toda su adrenalina. Vi que mi hermana estaba a punto de llorar, y deseé con todas mis fuerzas que no lo hiciera, por si acaso a mí me daba por solidarizarme con ella.

Cuando Nuria se hubo secado con una toalla que le trajo Pati, empezaron ella y mi madre a atosigarme.

—¿Por qué has hecho esto, Rodrigo? —preguntó mi madre.

—Es que... cualquiera que te viera pensaría que lo has hecho aposta —dijo Nuria, con evidente inseguridad.

—No lo he hecho aposta, Nuria, te lo juro.

—Tienes que volver al médico, hijo.

—Esto no tiene nada que ver con el médico, mamá —dije.

—¿No te estarás haciendo el gracioso? A lo mejor esto te divierte y todo —dijo ahora Nuria.

No respondí. Me tragué aquel comentario de Nuria, y los siguientes, como si fueran chicles o aceitunas con hueso. Realmente no me hacía mucha gracia el empeño que mi madre y mi hermana ponían en relacionar el episodio de la jarra con mi enfermedad, pero lo cierto es que, si lo pensabas, era un poco extraño lo que había ocurrido, esa manera tan dramática de confundir unas cosas con otras y de realizar determinados movimientos sin ser en absoluto consciente de ellos. Puestos a confundir, a lo mejor acababa confundiendo el uso de todas las cosas, los balcones y los ascensores, la ropa interior de Pati y la mía, la segadora de Ernesto y mi cortapatillas.

Pero en fin, aparte de estas tonterías que acabo de decir, el caso es que empecé a considerar seriamente la posibilidad de que aquel episodio fuera una nueva y mucho más grave manifestación de mi ya célebre parafasia, un nuevo hito en mi progresivo deterioro cerebral, una especie de disfunción que, más allá de confundir unas sílabas con otras, me hacía confundir unos objetos con otros. Hay veces en las que uno se agobia tanto, que en seguida le echa la culpa a su cerebro de todo lo que le ocurre.

Decidí hablar. La sobresaturación a la que me habían conducido tanto mis pensamientos como los incansables comentarios de Nuria y mi madre superó con creces el nivel de lo soportable.

—Por favor —las palabras me salían muy despacio, como si uno a uno estuviera regurgitando los huesos de aceituna—, os lo pido por favor. Dejadme en paz, no puedo posortarlo más.

Por alguna razón recordé la lluvia que había caído por la mañana, el documental de la mantis religiosa, la mirada de mis hijos mientras desayunábamos y la aritmética del número treinta y ocho. Hablé hasta donde pude, vaciando mis pulmones como si les diera la vuelta.

—Soy el primero que quiere arreglar esto. ¿Creéis que he no suticientes infentado socas?, ¿leéis pantnado boy eso?, trovosos alguno te masguria, ne que sólo un instante fut, tinsiera dor pentro co le yo estoy tinsiendo. Lo no espoy tandaso naba dien y trovosos más no que agositarme hacéis. Es muy dácil cefir esdo toto y luego celifes a saca iros.

Era realmente horroroso. Parecía rumano o algo así. Me concentré —literalmente puse todas mis fuerzas en los movimientos entrecortados de mis labios— para articular unas palabras comprensibles hacia Pati.

—Acompáñame al dortimorio. No quiero estar aquí.

La precisión de mis palabras, su contundencia y capacidad sintética, impresionaron a todos. A todos menos a mi padre, que me señaló severamente con el dedo.

—¡Oye, déjate ahora mismo de sandeces! ¡No quiero verte así nunca más en la vida! —su mensaje también era un ejemplo de contundencia y síntesis.

Miré a mi padre. Él me miraba a mí, con gravedad. Mi padre tenía setenta y cuatro años y en los treinta y ocho años de mi vida había estado siempre a mi lado, educándome y viéndome crecer. Me puse a llorar en silencio, mirando al mantel, y nadie supo decir nada que atemperara mi tristeza. Levanté la cabeza y hablé:

—Os quiero mucho a todos, muchísimo —cogí la mano de mi padre, que estaba sentado a mi derecha, y le dije—: Papá, te quiero mucho.

Al día siguiente recibí la carta de despido de mi padre.

Fue así. Eran las diez de la mañana cuando yo todavía estaba en la cama y no me planteaba siquiera la posibilidad de salir en algún momento de ella e ir al trabajo. Entonces oí que Estrella hablaba con alguien y que al momento mi padre irrumpía en mi habitación. Iba con traje y parecía tener prisa. Estaba muy serio. Sin decirme nada me dio un sobre cerrado con el membrete de nuestra empresa, Germán Montalvo, Ascensores.

—Estás despedido, hijo.

—Vale, papá, me gustaría poder reírme pero hoy no me apetece.

—Estoy hablando en serio. Te traigo la carta personalmente para que sepas que es en serio. La ha preparado Frías, ahí lo tienes todo, la derogación de contrato, el finiquito, y hasta una carta de recomendación —mi padre es así de absurdo: soy el director de la empresa y me da una carta de recomendación; un poco más y me pide que la firme yo mismo.

Bajé la vista al sobre, una milésima de segundo, y busqué de nuevo la mirada de mi padre. Quería escrutar lo que se escondía detrás de esos ojos brillantes, rodeados de tanta piel arrugada. Pero mi padre apartó la mirada.

—Hago esto por el bien de la empresa, Rodrigo. La situación es insostenible. Está todo paralizado y lo sabes de sobra. Si crees que por ser mi hijo voy a aguantar más tiempo con una situación así estás muy equivocado. Nos cae una inspección ahora y qué pasa. ¿Cerramos? Se acabó.

Mi padre dijo esto, se dio la vuelta y se fue. Desde la escalera añadió algo más.

—Desde esta ventana verás a las Arteaga, ¿no? Toman el sol en pelotas, ¿quieres mi telescopio? —y le oí que bajaba las escaleras—. ¿Sabes que en realidad no son rubias? Por abajo, quiero decir —añadió entre carcajadas.

Me quedé solo. Yo solo. Completamente solo. Quise que mi padre siguiera indefinidamente bromeando sobre nuestras vecinas veinteañeras. Que su voz me acompañara, que no me dejara yaciendo de aquella manera sin otro consuelo que mi carta de despido sobre el regazo. ¡¿Pero es que el pobre se había vuelto definitivamente loco?! ¡¿Qué narices estaba pasando?! ¡¿Qué clase de bicho le había picado?! ¡¿Acaso pretendía hacerme creer que todo aquello era real?! Empecé a marearme. Notaba que la sangre no me llegaba a la cara, que estaba fría, que sudaba, que debía de estar más pálido que el cuerpo incorrupto de Santa Teresa.

Abrí el sobre. La mano me temblaba al sacar los folios y desdoblarlos. Lo primero que vi fue la firma de mi padre y la fecha de ese lunes en la parte de abajo de la primera hoja. Efectivamente era una carta de despido, la típica derogación de contrato redactada por Frías. En la segunda hoja se detallaba el finiquito, es decir, todo lo que faltaba por pagarme en concepto de pagas extraordinarias. La última hoja era una aséptica y ridícula carta de recomendación: don Germán Montalvo recomienda a don Rodrigo Montalvo a toda empresa o padre que esté dispuesto a adoptarlo. Bueno, no era exactamente así, pero hubiera dado lo mismo.

Lo de mi padre era un caso único. Reconozco que en otras circunstancias, y sin ser yo su principal víctima, esta historia me habría hecho bastante gracia. Pero no ahora. Le imaginé madrugando aquella mañana para ir a la oficina y encargándole a Frías que preparara mi carta de despido, para luego venir a traérmela personalmente. Imaginé también la atónita cara de Frías mientras trataba de descifrar inútilmente la sonrisa de satisfacción de mi padre. Pero nada de esto me sirvió para comprender mejor lo que sucedía.

Me duché y me vestí. Mi padre estaba echándome de su empresa y yo trataba de asumir la dimensión de aquello. Bajé a la cocina, tomé un café rápidamente, y llamé a casa de mis padres, con la esperanza de encontrar allí a mi padre todavía, probablemente viendo un telefilme alemán tan tranquilo, como si nada hubiera pasado. Mi madre me dijo que mi padre había vuelto a irse a la oficina.

—Todos te vamos a apoyar, hijo —dijo mi madre—, hay muchos trabajos que tú puedes hacer.

Al oír aquello tuve que sentarme de inmediato. Colgué sin decirle nada más a mi madre, porque temí que no me saliera ni una sola de las palabras que podría haberle dicho. Llamé a la tienda de Pati. Sólo tuve fuerzas para decirle a mi mujer:

—Ven, por favor.

Pati no tardó ni tres minutos en aparecer en casa. Se acercó a mí con cara de preocupación.

—¿Qué pasa? —me preguntó.

Le conté lo que había ocurrido y se puso a echar pestes contra mi padre.

—¿Pero será capaz?

—Claro que es capaz, ¿no le conoces?

—Es que... me parece... Perdóname, pero es que no lo entiendo. Tu padre se cree que puede estar toda la vida jugando, lo único que le importa es pasárselo él bien y a los demás que les zurzan.

—Tampoco es eso, Pati, tienes que entender...

—No, si ahora le vas a defender.

—No le defiendo, pero ya sabes que para él la empresa es lo primero.

—O sea que ha tomado la decisión correcta, tú habrías hecho lo mismo, ¿no?

—Que no, que no, si yo pienso que tieces ranón, ¡joder!, te quienes razón, quiero cedir.

Pati me miró muy fijamente. No sé si pensaría lo mismo que yo, pero supongo que sí. En aquel momento entendí hasta qué punto mi carrera profesional estaba comprometida. Con aquella fluidez verbal, o con aquel sentimentalismo atroz que me había invadido últimamente y que me producía ganas de llorar cada dos minutos, resultaba imposible imaginarme al control de una empresa de la envergadura de Germán Montalvo.

—Déjalo, cariño, estás nervioso, no me extraña —dijo Pati, abandonando ahora su mirada en el jardín.

Pasé toda la tarde intentando analizar lo que había ocurrido, preguntándome a cada instante si era verdad, si todo esto no sería un mal sueño del que despertaría. Pero sabía la respuesta, porque conocía demasiado bien a mi padre. Conocía su capacidad de llevar hasta el final las ideas aparentemente más descabelladas, al menos para los demás. Nunca era fácil entender los motivos por los que actuaba mi padre, hasta qué punto lo hacía en broma o lo hacía en serio, si jugaba o no. En su caso, estas divisiones carecían de sentido. Él simplemente actuaba, hacía todo aquello que su intuición le dictaba. Pero lo hacía.

Y según pensaba estas cosas, ya de paso, maldije con todas mis fuerzas a la psiquiatría. Después de todo lo que me había ocurrido, esto era lo único que le faltaba por conseguir a mi colección de afecciones psiquiátricas: interferir en mi vida familiar, sembrarla de conflictos.

Al final de la tarde vinieron mis padres a casa. Trajeron una enorme bandeja de mediasnoches y dos botellas de coca-cola, como si hubiera algo que celebrar. Yo estaba sentado en el sollá y mi padre se sentó en el sifón que está al lado.

—Ahora es importante que os ayudemos —dijo mi padre—, os hemos dejado en la cocina leche y unos pocos fiambres.

A continuación mi padre se me acercó y me dijo al oído:

—Toma, Rodrigo, os vendrá bien, acéptalo —y vi que, disimuladamente, me daba bajo el brazo un par de billetes de cincuenta euros. Que yo no fuera capaz de reírme con estos comportamientos de mi padre era la prueba más clara de que no estaba bien, de hasta qué punto se había deteriorado mi personalidad en las últimas semanas.

—¿Pero estás loco?, ¿qué haces? —dije haciendo un aspaviento.

Los dos billetes se cayeron al suelo.

—Haz el favor de coger el dinero. No seas orgulloso, te va a hacer mucha falta.

—¡Que no lo quiero, papá, no tengo granas de bomas, como comprenderás!

—Pues ahí se queda, que lo cojan los niños si quieren, se lo regalo.

Al oír aquello, mis hijos, que estaban jugando a *los malos* (representaban a los dos personajes perversos de la película que habían visto el día anterior, aunque Belén tenía tendencia a salirse del papel), vinieron a por el dinero. La palabra regalo, igual que le ocurre a Arnold cuando alguien da una patadita a su cacharro de la comida, tiene la capacidad de estimular a mis hijos y de agudizarles el oído. Pati, viniendo desde la cocina, intervino rápidamente, ordenó retirarse a los niños y nos preguntó a mi padre y a mí:

—¿De quién es?

—Es vuestro —dijo mi padre—, quiero que aceptéis esta ayuda.

—¡¡¡Papá, por favor!!! —dije indignado—. Me buso al cuarto, no puedo posortarlo más.

—¡Rodrigo! —dijo mi padre—, sácate ya el chicle de la boca, no se te entiende nada, ja, ja, ja.

Ni yo, ni Pati, ni mi madre, que se sentó en ese momento, tuvimos tiempo de responder el comentario de mi padre, aunque pienso que los tres tuvimos ganas. Lo que pasó es que entró Nuria como una exhalación en casa y antes de saludar le espetó a mi padre lo siguiente:

—¿Qué ha pasado? ¿Tienes el valor de explicarme lo que ha pasado? Si quieres que te ingresemos ya en un centro psiquiátrico nos lo dices, papá, pero por mi parte esto no se va a quedar así. ¿Es que te has vuelto loco o qué? Es tu hijo, papá, lleva doce años trabajando contigo, la empresa es moralmente tan suya como tuya. ¿No crees que ha llegado el momento de pensar en algo más que en ti? Puede que a ti te diviertan tus bromas, pero a los demás no nos hacen ni pizca de gracia. Te comportas como un niño, papá, me da pena decírtelo.

El hecho de que mi hermana me apoyara de esta manera me enorgullecía notablemente, y también el hecho de que fuera notario, aunque ahora eso no tuviera importancia. Pero sus palabras me parecían demasiado duras, y no podía subscribirlas completamente. Creo que Nuria tenía ganas de decirle algo así a mi padre desde hacía mucho tiempo. Mi padre se levantó, ofendido, y antes de irse, le dijo a Nuria:

—¿No sabrás de algún notario fiable, preferiblemente hombre?

Nos quedamos en un silencio absoluto. Unos segundos después miré a aquellas tres mujeres consternadas y dije:

—La culpa de todo la tengo yo.

Durante varios días, mis padres desaparecieron del mapa. No sabíamos nada de ellos. En su casa no cogían el teléfono y en la oficina siempre me decía Margarita, la secretaria de mi padre, que no podía ponerse. A quien sí vimos fue a Nuria. Supongo que por aquello de su reciente soledad, Nuria mostraba un empeño bastante novedoso en fortalecer nuestras relaciones fraternales. Pero yo tampoco estaba para algarabías. Un día me pidió que le segara el césped otra vez, pero en esta ocasión rechacé la invitación.

Una tarde, Pati y los niños se fueron al cine. Mi mujer me dijo que si tenía ganas de estar toda la tarde mirándome el ombligo lo hiciera, y luego se fue. Yo me quedé solo en el salón, no mirándome el ombligo, sino las paredes de la habitación, percibiendo en soledad las partículas de aire que circulaban entre las paredes y yo, como si la luz de la tarde hiciera al aire más visible que nunca, como si un fluido cada vez más denso me uniera a la habitación y al resto del mundo.

Subí al dormitorio y me puse unos zapatos. Sentía que aquel fluido que me unía a la realidad me transportaba en cada uno de mis movimientos. Era muy extraño. Al bajar las escaleras, los zapatos, que eran de suela

—no sé por qué me había puesto los zapatos de ir a trabajar—, sonaban en cada paso sobre las baldosas. Cogí las llaves del coche, bajé al garaje y me metí en el coche. ¿Qué estaba haciendo? La verdad es que no lo sabía. Sabía que quería ir a algún lado, conducir, moverme. Dentro del coche, todavía dentro del garaje, sentado al volante, tuve un momento de gran recogimiento y control mental. Me sentí más dueño de mis actos que nunca en mi vida. Palpaba el peso de mi cuerpo sobre el asiento y de mis manos sobre el volante.

Saqué el coche del garaje, conduje por las calles desiertas de mi urbanización, y a través de la M-40 cogí la carretera de Barcelona. Me situé en el carril de la derecha y avancé durante bastantes kilómetros. Ya había pensado un lugar donde me apetecía ir. No iba muy deprisa, porque nunca lo hago, y porque todo mi comportamiento estaba presidido por la serenidad. Podía tener cualquier cosa menos prisas. Me gustaba llevar las dos manos sobre el volante y mirar a ambos lados de la autopista. Pasado Alcalá de Henares, a unos cuarenta kilómetros de Madrid, cogí una carretera que salía a la derecha y luego, diez kilómetros más allá, giré por un pequeño camino de tierra, de nuevo hacia la derecha. El camino bordeaba unos barrancos sobre la vega del Henares, no muy altos, pero sí muy verticales. Conduje con cuidado. A mi izquierda se extendía la tranquilizadora planicie de la meseta, pero a mi derecha el vacío quedaba demasiado cerca. Aquél era un camino y un lugar que ya conocía, por supuesto. Más de una vez mi padre nos había llevado allí para que, desde lo alto, viéramos una magnífica puesta de sol sobre la inmensidad de Madrid, dorado, plateado, gris, bajo una capa roja de nubes estriadas. Nos gustaba ver la ciudad y al mismo tiempo la fila de aviones, también brillantes por el reflejo solar, que de izquierda a derecha hacían cola para aterrizar en el aeropuerto de Barajas. Yo mismo traje una vez a Marcos y Belén a este lugar. Les expliqué que los aviones no podían aterrizar hasta que la torre de control les diera permiso, y que entre un aterrizaje y otro tenía que transcurrir al menos un minuto. Cronometramos los tiempos que separaban los sucesivos aterrizajes. Después, en el coche, Marcos dijo que él de mayor quería ser piloto, y Belén dijo que ella quería ser torre de control.

Paré el coche en el lugar que solíamos utilizar como mirador y me bajé. La tarde no era muy calurosa y soplaba algo de viento. El sol, sobre Madrid, estaba cubierto por algunas nubes densas y llenas de agua. Había cambios de luz muy intensos, pero todavía era pronto y las nubes no estaban rojas. Aquellas nubes negras, y la luz del sol que luchaba por atravesarlas, formaban parte del paisaje urbano, como si la concentración humana estuviera lanzando señales de su existencia, como si aquel sombrero quisiera advertir a los visitantes de que allí conviven cuatro millones de personas. Hacia el sur (a mi izquierda), hacia el norte (a mi derecha), o hacia el este (a mi espalda), el cielo permanecía azul: eran las paredes vacías que rodean a un escenario.

Mi ingrediente favorito de aquella representación eran los aviones. Era una fila perfecta de aviones —cuatro aviones, nunca llegué a ver más de cuatro— que avanzaban de izquierda a derecha, siempre equidistantes, descendiendo lenta y casi imperceptiblemente. Trazaban una sutil diagonal sobre el suelo y desaparecían en la pista del aeropuerto, que ya no podía verse desde allí. Me senté en el capó del coche y pasé mucho tiempo observando el desfile. Era como si yo mismo pilotara un avión y estuviera esperando el momento de ocupar mi lugar en la cola. Decenas, cientos de personas, iban llegando a Madrid cada minuto. En otra pista a la derecha, los aviones despegaban sin cesar hacia el norte, llevándose a otros cientos de personas. El mundo era una máquina perfecta.

Sobre el capó del coche me abracé las rodillas. Quería estar viendo aquel desfile durante mucho tiempo. Era fácil de comprender, y nada me perturbaba alrededor. Desde el barranco que tenía delante, el aire ascendía en circulación y me refrescaba la cara. De pronto cayeron una cuantas gotas, gordas y frías, en el polvo, entre los cardos secos, en el capó y en el reverso de mi mano. No cayeron más, pero yo sabía que durante mucho tiempo sentiría en mi mano el frío de esa gota que había atravesado el cielo.

Rodrigo Montalvo Letellier. Era yo y estaba vivo y tenía treinta y ocho años y muchas cosas iban a cambiar a partir de ese momento.

Los psicólogos y psiquiatras siempre te dicen que hay que afrontar los problemas cara a cara. Que no hay que huir de ellos, que hay que atreverse a mirar en nuestro interior y enfrentarnos a la verdad de lo que nos ocurre. Yo me pregunto qué harían los psiquiatras y psicólogos en el caso de que se produjera un incendio en El Corte Inglés cuando ellos estuvieran haciendo la compra, si se enfrentarían con el incendio cara a cara o si huirían despavoridos, como alma que lleva el diablo. Lo que quiero decir es que es muy fácil decirle a los demás que tienen que enfrentarse con sus problemas, es muy fácil decirlo desde fuera y muy distinto hacerlo cuando de verdad sufres en tus carnes ese problema. Pasa lo mismo con lo de «tienes que poner algo de tu parte». Mi opinión es que esa frase, aunque sea verdad, no sirve de nada para el que la oye. La única manera de que alguien entienda que tiene que poner algo de su parte es que él mismo, por sí solo, se dé cuenta de que es así y de que ése va a ser el modo de salir. Pero porque los demás insistan hasta la saciedad no se va a conseguir nada. Más bien al contrario, uno tiende a rebelarse ante tanta insistencia.

Todo esto lo digo porque en aquel barranco sobre el Henares, yo solo sentado en el capó de mi coche, muchas cosas de las que me habían sucedido en las últimas semanas tocaron fondo, y rebotaron hacia otro lado. Sentí que el único camino que se correspondía con lo que yo representaba, con mi personalidad, con lo que había sido la totalidad de mi vida, era, efectivamente, poner algo de mi parte, bracear con fuerza en la dirección que me interesara. Y en esta profunda y casi mística toma de conciencia tuvo mucho que ver el señuelo dejado por mi padre, cómo no. Él consiguió tirar de mí hacia delante, y lo hizo no diciéndome que tenía que poner algo de mi parte, sino incitándome verdaderamente a que lo hiciera. En aquel barranco comprendí con exactitud cuál era el mensaje que mi padre me había enviado a mí, y cuál era el que ahora tenía que enviarle yo a él.

Por ello mi línea de actuación en los días siguientes fue categórica y sencilla. Decidí contratar al mejor abogado posible y ponerle una demanda a mi padre por despido improcedente. Estaba dispuesto a luchar, y a dirigirme a mi padre en su mismo lenguaje, el que quería oír, el que necesitaba oír para saber que su hijo estaba haciendo un esfuerzo por recuperarse. Tuve una reunión con un abogado de la calle Eduardo Dato, Alfonso Romero (cuyas hijas gemelas, Araña y Begoncha, iban a la clase de mi hija Belén), y fue él quien informó a mi padre de cómo estaba la situación y qué posibilidades tenía. Evidentemente el abogado ofreció una negociación a mi padre y un acuerdo amistoso, pero mi padre, en su salsa, se negó en redondo a aceptarlo.

Los trámites de abogados se prolongaron durante muchos días. El abogado de mi padre, el habitual de la empresa, era terrible, y en dos ocasiones nos dio plantón premeditadamente. Luchar contra mi padre y su abogado, dos elementos de cuidado, resultaba agotador. Pero mi abogado no dejaba de asegurarme que me asistían tanto la razón como la ley, y que ganábamos seguro. Después de muchos desencuentros, y sólo dos días antes de la citación en el juzgado, mi padre me llamó a su despacho en la fábrica, rogándome que me presentara a solas. Mi abogado intentó que no fuera, porque pensaba que mi padre quería complicarme de alguna manera, pero yo, aunque sabía que esto era lo más probable, no pude resistir la tentación de volver a ver a mi padre cara a cara. Mi punto de vista era un poco distinto al de mi abogado. Yo no quería ganar un pleito. Yo sólo quería demostrarle a mi padre que estaba dispuesto a ganarlo. Probablemente aquélla fuera la única manera de recuperar la confianza de mi padre.

Saludé brevemente a Margarita y me dirigí a la puerta del despacho de mi padre. Pero la secretaria hizo sus funciones de perro guardián, eso sí, con su peculiar estilo.

—¿Vas a entrar ahí? —me dijo.

—Sí.

—Vale, vale —se encogió de hombros.

—¿Pasa algo?

—No, no.

Estaba empezando a perder la paciencia.

—¿Puedo entrar o no?, Margarita, por Dios.

—¿Tienes cita?

—Sí, tengo cita. Además, es mi padre.

Margarita se levantó de su silla y con movimientos cansinos se acercó a la puerta del despacho de mi padre. Yo siempre había pensado que Margarita, su butaca, su mesa y su ordenador constituían una sola pieza indivisible. Pero vi que aquella mujer estaba dotada de cierta independencia, por mucho que le desagradara. Entró sin llamar al despacho de mi padre y cerró la puerta tras de sí. Tardó un buen rato en volver a salir, es increíble.

Yo aproveché para asomarme a la puerta de mi despacho, tantos días desocupado. Me sorprendió ver que casi todos mis enseres estaban metidos en cajas, que alguien, con muy poco respeto, había decidido manipular y empaquetar todos aquellos objetos que sólo me pertenecían a mí y que sólo yo debía tocar. Por lo visto, mis doce años de permanencia en la empresa habían dejado muy poca huella en el único responsable de mi nueva situación laboral: mi padre. Aun así, decidí no soliviantarme, no ser presa de una más de las innumerables trampas que mi padre nos iba tendiendo, a mi abogado y a mí, en esta interminable guerra psicológica.

—El señor Germán Montalvo está esperando —me dijo Margarita, sentándose sobre su butaca, como un teléfono inalámbrico que al fin vuelve a descansar sobre su soporte.

Salí de mi desordenado despacho, llamé a la puerta del de mi padre y esperé con cierto recelo. Como no oí nada decidí empujar suavemente la puerta. Mi padre estaba de pie, de espaldas a la puerta, recogiendo algunos papeles y carpetas de su mesa.

—Papá...

—Ah, eres tú. Siéntate, siéntate.

Mi padre se sentó en su gran butaca de piel. Le miré un momento y me senté enfrente de él, en una de las dos sillas que había al otro lado de la mesa. Mi padre estaba serio. Me miró severamente. Por un momento me imaginé que mi padre era una eminencia de la psiquiatría y yo era un paciente primerizo, temeroso, y dispuesto a desvelarle cada una de mis interioridades, hasta las más vergonzantes.

—Háblame de tus problemas, hijo, con total confianza —dijo mi padre, que parecía haberme leído el pensamiento.

—Qué problemas, papá, déjate de...

—No sé, Rodrigo, esos acates que te daban, ya sabes, con las lapabras...

—Papá, por favor, no me hace ninguna gracia. ¿Quieres decirme para qué me has llamado?

Mi padre se incorporó en su butaca, apoyó los brazos en la mesa y me miró.

—He recibido carta de Lope de Vega, hijo, mira —mi padre sacó una postal de un sobre y me la enseñó. Era una postal de Miss España en bañador. Detrás tenía unas cuantas palabras garabateadas por Lope de Vega—. Cuenta que se han ido a vivir a Puerta de Hierro y que sus padres le han regalado un cachorro de mastín. ¿Sabes qué nombre le ha puesto?

—No.

—Sexo.

—¿Igual?

—Sí, dice que ahora ya puede presumir de tener el sexo cada vez más grande.

Solté una carcajada, claro. Mi padre parecía derretirse de gusto con todo aquello.

—Está muy contento porque tiene muy cerca la Dehesa de la Villa, para darse paseos y esas cosas. Pero no descarta hacer de vez en cuando una visita a nuestro pinar.

—Ya —dije, y devolví la postal a mi padre.

Mi padre cogió la postal, miró un momento a Miss España y con gesto serio dijo:

—Qué hombre este Lope de Vega, qué maravilla.

Guardó la postal en su cartera y respiró muy hondo antes de volver a levantar la vista.

—Bueno, y cómo va todo, pasado mañana nos vemos en el juzgado, ¿no?

—¿Eh?, sí, sí, claro —reconozco que el cambio de tema me sorprendió.

—¿No estaréis yendo demasiado lejos, Rodrigo?

Dudé un momento. Sabía que no debía equivocarme en la respuesta. El cable rojo, me dije a mí mismo.

—¿Lejos? ¿Y tú me dices eso? Que sepas, papá, que el despido es improcedente, que la causa objetiva alegada en la carta de despido, «ineptitud del trabajador», ni es cierta ni podéis justificarla de ninguna manera, y que el juez sólo la admite cuando hay un informe de la Seguridad Social que acredita la invalidez permanente parcial del trabajador.

La expresión de mi padre era inescrutable. Seria, quizá amenazante. Respiró de nuevo profundamente.

—Vale, es suficiente. ¿Tienes alguna otra cosa que decir? Si no, puedes abandonar el despacho. No pienses que vas a hacerme temblar con las artimañas de ese abogadillo de tres al cuarto.

Yo sí que estaba temblando. Di por hecho que me había equivocado, que era el cable verde y no el rojo el que debía haber cortado, que había cometido algún fallo terrible en la lectura de la explosiva mente de mi padre. Estaba a punto de levantarme cuando mi padre dijo:

—¿Has dicho invalidez permanente par...? —la boca de mi padre empezó a retorcerse de manera extraña y en seguida entendí que trataba de frenar una carcajada descomunal que se le escapaba por todos los lados y que finalmente estalló de manera brutal.

Traté de disimular mi desconcierto, y también las ganas de reír con mi padre, una vieja tradición entre los dos. Preferí tener un poco de paciencia. Mi padre dejó de reír, se limpió los ojos y me miró. Ahora se limitó a sonreír. Al hacerlo, aunque probablemente no lo quisiera, todo él se llenó de humanidad. Porque sonreír no era algo muy habitual en mi padre, que solía esconder todos sus sentimientos bajo expresiones severas o carcajadas desbocadas como la anterior.

—Has nacido para esto, hijo mío, lo llevas en la sangre —dijo con la misma sonrisa de felicidad—. Casi me da un ataque al oírte, chico, qué tontería es esa de la invalidez permanente parcial.

Ahora yo también sonreí. Por primera vez me pareció que el duelo había llegado definitivamente a su fin. Mi padre, dando un par de golpes en la mesa, ya más pensativo, añadió:

—Muy bien, muy bien.

Se puso de pie.

—Ha llegado el momento de la sucesión —dijo, y empezó a recoger cosas—, a partir de este momento ocuparás este despacho. Aquéllos son tus libros y tus archivos, las demás cosas las traerán ahora. Yo ya he recogido casi todo lo mío.

—¿Qué? Papá, pero... —no terminé la frase. Un eléctrico cosquilleo de nervios me lo impidió. En lugar de hacerlo me di la vuelta y observé la gran estantería que había junto a la puerta. Pude reconocer en ella, efectivamente, muchos de los libros, anuarios y archivos que habían ocupado mi despacho, y que en doce años de trabajo no recordaba haber utilizado jamás. Tuve que hacer verdaderos esfuerzos para no dejarme arrastrar por la emoción, o mejor dicho, las emociones, todas las que a una velocidad vertiginosa se iban agolpando bajo la piel de mi cara, esperando atravesarla.

Le miré y me di cuenta de que él también trataba de disimular su emoción.

—Ahora yo vendré menos tiempo —dijo—, más que nada para despachar contigo. Ya sabes que me esperan otras obligaciones en casa, ja, ja, ja.

¡Qué hombre tan increíble!

Siguió recogiendo chismes.

—Ah, la minuta de tu abogado está ya pagada. La próxima vez búscate uno con lo que hay que tener. ¿Éste qué era, de los Marianistas?

Quise darle un abrazo a mi padre pero, temiendo las consecuencias que este arrebato pudiera tener en su peculiar carácter, me detuve a tiempo, abrí la puerta y dije:

—¿Te importa dejarme solo? Tengo mucho trabajo acumulado. Margarita te acompaña a la cama, digo, a la puerta.

Mi padre soltó una carcajada y salió. Cuando ya estaba cerca de Margarita se dio la vuelta y me miró:

—De tus problemas, bien, ¿verdad?

—Sí, sí, muy bien, gracias.

Cerré la puerta, apoyé la espalda en la pared y resoplé. El resoplido luchó por recorrer los seis metros de largo que tenía mi nuevo despacho. En todos los objetos del despacho, en la disposición de la mesa, las sillas, las ventanas y los cuadros, creí seguir sintiendo viva la presencia de mi padre. Después de todo, había sido su despacho durante más de treinta años. Y ya no iba a serlo. Preferí no darle demasiadas vueltas a ese detalle.

Pero se las di. Porque entendí que aquél no sólo era un momento crucial en mi vida, también lo era en la de mi padre. El fin a cincuenta y dos años de trabajo, un paso muy complicado de dar. Toda la escena que mi padre había organizado en el despacho había sido una manera de dar un empujón a su hijo y sacarle del atolladero, desde luego, pero a la postre (y aunque a lo mejor él mismo ni siquiera se diera cuenta) también una manera de esconderse un trance difícil a sí mismo, un trago que pasa mejor con burbujas, con la efervescencia de tantos juegos y fuegos de artificio.

Di unos cuantos pasos hasta su butaca de piel, me senté en ella y observé a mi alrededor. Aquél ya no era un pequeño ascensor de un metro cuadrado. Aquél era un despacho enorme en medio de una fábrica enorme en medio de un polígono industrial enorme. Cuando a los cuatro años me quedé encerrado en el ascensor de casa, mi padre bajó corriendo cuatro pisos para que yo pudiera sentirle cerca en cada instante, para que en cada uno de los pisos yo pudiera oír su voz tranquilizadora al otro lado de la puerta del ascensor. Pero ahora, junto a la puerta de aquel despacho, sentí que las cosas habían cambiado un poco. Ahora sí, mi padre me dejaba solo, solo en el ascensor, o, como él hubiera dicho, en la «cabina de transporte vertical entre distintas alturas».

La reverberación de un avión me sacó de mis pensamientos. También desde allí podía percibirse el sonido de los aviones al aterrizar, unos detrás de otros, pasando sobre nuestras cabezas.

11.

Hola, me llamo Rodrigo, Rodrigo Montalvo Letellier y aunque a lo mejor parezca lo contrario, quiero decir que sigo siendo parafásico, obsesivo y medianamente infeliz, aparte de tenerle un miedo atroz a la muerte, pero qué se le va a hacer. Supongo que ya estará bastante claro que todo esto se lo debo a un curioso personaje llamado Ernesto, con el que un buen día la inconsciente de mi hermana Nuria decidió casarse, y que además de producirme toda clase de enfermedades psiquiátricas, me recomendó, como última jugada antes de esconderse en algún lugar de Norteamérica, al fabuloso doctor Fusilli, un demente obsesionado con la muerte, y cuya única misión en el mundo es propagar su miedo entre sus pacientes, al igual que hacen esos enfermos de sida que deciden ocultar su mal y apostar por la promiscuidad, una elemental forma de venganza.

Ahora ya soy una víctima más, es pura mala suerte. Cuando me da por ahí desordeno todas las palabras y las sílabas, y a veces me da por pensar cosas terribles y me quedo muy triste, pero entonces procuro concentrarme enormemente y darme cuenta de quién soy y digo mi nombre en voz alta y hasta recuerdo todas las cosas buenas que me han ocurrido y que, si me lo propongo, pueden seguir ocurriéndome. Si algún día consigo curarme todos estos males debe quedar claro que no será por la ayuda de ningún psiquiatra o psicólogo o nada que empiece por psi... Me da igual que me estalle una parafasia cien veces mayor a la que tengo ahora o que me convierta en un paranoico esquizoide tendente a los homicidios en masa. Lo que sé es que yo no quiero ver a esa gente ni en pintura, y mucho menos en fotografía, y si acaso alguno osara acercárseme a menos de tres metros de distancia... no sé lo que podría hacer.

He conocido a por lo menos diez psiquiatras y psicólogos, y también a varios psicópatas, naturópatas, acupuntores, hipnotizadores, masajistas, dietistas, homeópatas y curanderos, y por eso creo que tengo experiencia suficiente para hablar del asunto. Mi opinión es que los psiquiatras y los psicólogos, aparte de no saber en qué se distinguen entre sí, están muy enfermos y ésa es la única razón de todos los problemas que causan, al menos de los míos. Lo digo en serio. Ellos se dedican a acallar las penas y angustias de los demás para no tener que oír sus propias penas, para no tener que enfrentarse a los sufrimientos que ellos también padecen, y que seguramente padecieron antes que nadie. Cuando un psiquiatra tranquiliza a un paciente, en realidad es a sí mismo a quien está tranquilizando, aunque no se dé cuenta.

Los psiquiatras me caen muy bien. He dicho esta frase sólo para reírme un poco y entretenerme, pero ahora voy a seguir metiéndome con ellos. Lo que quiero decir es que el psiquiatra Ernesto es una persona con una grave fobia a los botones y con una parafasia de caballo, y precisamente por eso es capaz de ponerse una chaqueta salpicada de rabos de conejo a modo de botones. Su relación con los botones es tan conflictiva como su relación con las palabras (por no hablar de su relación con las mujeres), y al hombre le ocurre que no hace más que ver sus propios síntomas en los demás. Lo mismo le ocurre, claro está, a toda esa colección de psiquiatras de medio pelo que hube de visitar y que, sinceramente, preferiría no recordar. Sin ir más lejos, mi querido Fusilli, cuyo caso clama al cielo. ¿Qué culpa tenemos sus pacientes de que él le tenga tanto miedo a la muerte? ¿Qué culpa tenemos los pacientes de que la doctora Montesa sea una amargada y lleve desde el Cretácico reprimida sexualmente? Lo de los naturópatas y demás especialistas alternativos es ya un caso aparte, porque la verdad es que los pobres viven en un mundo tan distinto y tan feliz, que si les cuentas que se han descubierto ballenas voladoras, a lo mejor hasta se lo creen.

En fin, que esta especie de gincana psico-psiquiátrica que me ha martirizado en los últimos meses ha terminado definitivamente. Ya nunca más. Me quedaré en casa, en el trabajo, en el centro comercial con mi familia o con mis amigos, pero nunca más rebasaré la puerta de uno de esos adictos a la enfermedad. Adiós, amigos. Me llamo Rodrigo Montalvo Letellier y aunque le tenga miedo a la muerte os aseguro que de momento sigo estando vivo.

Es muy fácil. Después de todo, uno puede ser parafásico y un poco cobarde y agonías, y seguir haciendo una vida normal. Y cuanto más normal es la vida que haces, más puedes olvidarte de lo parafásico o lo cobarde o lo agonías que eres. Simplemente vas dejando que vayan pasando los días y vas haciendo tus cosas, tu vida cotidiana, y el tiempo, sin darte cuenta, te va rellenando por dentro, los días, con sus rutinas y sus novedades, van creando nuevas referencias en tu personalidad, y de repente, antes de que puedas darte cuenta, te has convertido en un hombre nuevo, constituido por todo aquello que tú mismo has sembrado por el simple hecho de estar vivo. Vi una vez en un documental que la renovación total de la piel humana se completa cada siete años, es decir, la piel que tenemos ahora mismo no tiene nada en común, ni una célula, con la que teníamos siete años atrás. Pues esto que digo es lo mismo. Unas vivencias entierran a otras, unos pensamientos sustituyen a otros, unas emociones camuflan las emociones pasadas, y, sin ni siquiera proponérselo, nuestra inteligencia aprende a olvidar lo que más le interesa.

De momento hay algunas cosas que siguen formando parte de mi vida. Hay cosas como mis hijos y mi mujer que no creo que desaparezcan nunca. En cambio hay otras cosas que ahora pueden parecer muy importantes y dentro de siete años ya nadie se acuerde de ellas, ni siquiera yo. Quién sabe, a lo mejor dentro de siete años el *ice packing* ya no forma parte de mi vida, ni tampoco las pastillas para los nervios, ni tan siquiera las pechugas Villaroy de Estrella que llevo comiendo desde que tenía veinte años. Quién sabe.

El otro día decidimos ir al cine toda la familia, o sea mis padres, mi hermana Nuria, Pati, los niños y yo. Aparte del tiempo que nos llevó encontrar una película que satisficiera a todos, y un cine que safisticiera a todos, y un horario que sacisfitiera a todos, y aparte de la habitual monserga de mi madre sobre la ridícula costumbre española de doblar todas las películas (a diferencia de lo que ocurre en Francia), yo dediqué buena parte de la sesión a reflexionar sobre esos trocitos de palomita de maíz que se quedan pegados en la parte de atrás del paladar, y sobre su parecido con el absurdo miedo a la muerte que tanto me ha obsesionado en los últimos tiempos. Esos trocitos son muy molestos y perseverantes. Siempre están ahí, haciéndote creer que, hagas lo que hagas, nunca podrás prescindir de ellos. A veces consigues olvidarte durante un rato, pero en seguida reaparecen con toda su desfachatez, y entonces, en medio del cine, decides meterte la mano en la boca, el puño, la pajita de la coca-cola, el papel de plata de la chocolatina hecho un canutillo, un trozo de cartón del propio recipiente para las palomitas, y todo resulta mucho peor, porque aparte de no enterarte de nada de lo que ocurre en la película, consigues obsesionarte mucho más y hacerte un daño tremendo en las comisuras de los labios de tanto abrir la boca para introducir objetos de toda especie. En algunas ocasiones un simple trozo de palomita ha conseguido amargarme una película entera. No sé si el miedo a la muerte podrá amargarme la vida entera. Espero que no. Algún día me lo tragaré y los ácidos gástricos lo reblandecerán hasta disolverlo. Si no tengo que esperar siete años, mejor.

Ahora soy el jefe absoluto de Germán Montalvo y mi padre es una especie de presidente honorífico. Desde que ocupo el puesto y el despacho de mi padre, tengo más trabajo y llego algo más tarde a casa. Dos días a la semana despacho con mi padre, y en ese tiempo hablamos de todo lo humano y lo divino, pero nunca del trabajo, porque mi padre considera de mala educación que hablemos de negocios en ese tiempo.

Por lo demás, Marcos y Belén, mis hijos, se están preparando ya para un nuevo curso escolar. Este año han decidido que las mochilas con ruedas ya no se llevan, y Pati, con buen criterio, ha decidido sacar del armario las mochilas sin ruedas de hace dos años, pero ellos han dicho que las mochilas cuadradas ya no se llevan y las que molan son unas triangulares que se llevan en bandolera y son realmente baratas. Bueno, lo de que son realmente baratas lo ha dicho Belén, que se ha visto en la obligación de aportar algún argumento más convincente a todos los que estaba dando su hermano Marcos, quien por supuesto no se había atrevido a hablar de precios.

El caso es que hemos decidido ir el próximo sábado al centro comercial a ver las mochilas y todo lo demás: los libros, los estuches, los cuadernos, los lápices, las gomas... Todos los años compramos infinidad de gomas de borrar, no porque mis hijos las utilicen todas, sino porque yo tengo una particular adicción a su olor y no puedo resistirme a tal variedad de tamaños, formas y colores. Cuando compramos las gomas yo suelo preguntarle a mis hijos si en el fondo no les hace cierta ilusión volver al colegio, a lo cual ellos, sin dejar de apretar la goma entre la nariz y el labio superior, suelen responder tangencialmente: «Papá, ¿no crees que me vendría mejor para este nuevo curso aquel estuche más grande?».

Yo no sé si a mis hijos les hará cierta ilusión volver cada año al colegio, pero la verdad es que a mí sí. Que vuelvan ellos, quiero decir, porque yo ya cumplí sobradamente. Y reconozco que lo que más ilusión me hace es salir de compras con ellos, todos juntos en el centro comercial, sin otra obligación a lo largo del día que comprar lo que más nos apetezca. Por ejemplo la ropa: zapatillas más grandes, pantalones más grandes, jerséis más grandes, camisas más grandes... La verdad es que cada año que pasa mis hijos han crecido un poco más, son incansables. Pati y yo, en cambio, no crecemos ni lo más mínimo. Me preocupa un poco.

Últimamente me ha dado por pensar que la mejor manera de hacer una vida normal es estar en forma y con buena salud. Por eso hago caso, no puedo evitarlo, de todos los consejos que médicos de escasa reputación dan sin parar por la radio. Ahora sé que sudar es bueno. Que beber agua es bueno. Que hacer deporte es bueno. Que comer fruta es bueno. Que tomar los zumos inmediatamente es bueno. Que ducharse con agua fría es bueno. Que dormir sin almohada es bueno. Que no coger el ascensor para subir siete pisos es bueno. Que andar media hora después de comer es bueno. Que no lavarse la cabeza todos los días es bueno. Que rehuir la bollería industrial es bueno. Que usar la seda mental, o sea, dental, es bueno. Que la miel es buena. Que no mojar en la salsa de los filetes es bueno. Y hago caso de todo ello. Mientras me acuerdo. Mientras me apetece. Mientras otra sarta de mensajes de la misma índole no me haga olvidar los anteriores.

Seguramente sea por este mismo motivo por el que una buena tarde acepté la oferta de Pati de que fuéramos dos días a la semana a hacer gimnasia de mantenimiento al polideportivo de Hortaleza. Vamos los lunes y los miércoles por la tarde durante tres cuartos de hora. No hace falta que diga que, por mi parte, no lo paso demasiado bien. Estirar los músculos duele tanto que llega a marearme. Hacer abdominales me produce náuseas, y los músculos de la tripa se me quedan contraídos, dormidos, borrachos y sin sentido. Pero cuando terminamos la clase, nos tumbamos en el suelo y escuchamos durante cinco minutos música relajante, y eso me gusta. En esos momentos, en posición horizontal, lívido y con las gotas de sudor resbalándome por la frente y por el cuello, me gusta imaginar historias de ficción, en las que un protagonista parecido a mí acude al bosque a masturbarse y es descubierto por un niño, el mejor amigo de su propio hijo.

Después de hacer gimnasia, Pati y yo volvemos a casa con las piernas y los brazos temblando. Por mi parte, estoy tan cansado que lo único que se me ocurre hacer es tirarme en el sofá y encender la tele. Cambio de cadena varias veces y me cuesta decidirme por un canal, porque normalmente hay varias emisiones que me apetece ver. A veces lo que hago es ver dos o tres programas al mismo tiempo, lo cual es posible si cambias en los momentos oportunos y tienes un buen manejo del mando a distancia, cosa de la que no todo el mundo es capaz. Me doy cuenta de que en algunas ocasiones me sucede que todo el tiempo quiero ver el programa que no estoy viendo, que lo que veo me parece siempre peor que lo que no veo y que eso en el fondo es aplicable a muchas otras cosas de la vida. Ernesto me dijo que eso era ansiedad, una muestra de inmadurez típica de las personalidades compulsivas que quieren tenerlo todo, y que mi manía de encender la tele en todo momento, como acompañamiento o como música de fondo, era una defensa frente al silencio, una manera de no enfrentarme con el sonido de mis pensamientos y el poder de mi imaginación. Ernesto es un tío magnífico.

Desde que tomo pastillas para los nervios el olor de mi orina ha debido transformarse de tal manera que, cuando por las noches salgo a orinar en el jardín, Arnold me rehúye de mala manera y ya no se le ocurre ir a orinar en el mismo lugar donde yo lo he hecho. Pero a mí me da igual. Me parece imposible sustituir el encanto de esa actividad nocturna por ninguna otra, aunque el gato no me acompañe. Pienso que a lo mejor ahora soy yo quien, sin darme cuenta, orina exactamente en el mismo lugar donde previamente lo ha hecho Arnold, y que ésta es una manera instintiva de marcar mi territorio y de acotar mis pertenencias. Si resulta que el gato de esta casa se permite hasta ladrar, ¿qué me impide a mí orinar donde me plazca?

Últimamente cuando me meto en la cama, y oigo el sonido cascado del Ford Fiesta de vigilancia que patrulla la urbanización y los ladridos de Arnold, nuestro gato guardián, vuelvo a disfrutar de la paz del pensamiento. Y si en ese momento, en medio de la noche, en medio del mundo, en medio de la nada, sintiera algo parecido al miedo, entonces diría mi nombre, y procuraría darme cuenta de quién soy, cómo es mi casa, cómo es mi gato, cómo son mis hijos y mi mujer. Me llamo Rodrigo, Rodrigo Montalvo Letellier y vivo en el Parque Conde de Orgaz. Mi mujer se llama Patricia y mis hijos Marcos y Belén. Si no fuera porque ése siempre ha sido mi nombre y el de mi barrio y los de mi mujer e hijos, volvería a inventármelos de nuevo para poder seguir viviendo.

Esta mañana ha vuelto a sonar la segadora en casa de Nuria. Eran las siete de la mañana cuando la explosión del motor al arrancar nos ha hecho, a Pati y a mí al mismo tiempo, salir disparados de la cama. Primero nos hemos incorporado, como si la hélice de la segadora se hubiera metido en nuestra almohada. Luego nos hemos mirado, pero no hemos podido vernos porque la persiana estaba bajada. Luego hemos corrido hasta la ventana, hemos subido la persiana y hemos intentado acostumbrar los ojos a la luz lo más rápidamente posible. Cuando las manchas borrosas han desaparecido de nuestra visión, le hemos visto allí, en el centro de su jardín, empujando la segadora con la mano derecha y saludándonos con la izquierda. Ernesto, el psiquiatra, el vecino, el marido de Nuria. Ernesto el segador.

Mientras me vestía y me aseaba para ir a saludar a Ernesto y ver qué buena nueva se contaba, el sonido de la segadora en su jardín no ha dejado de acompañarme. Hay algo mejor en ese sonido que en el silencio, el miedo, la soledad de Nuria y también la de todos los demás. Mientras me abrochaba los pantalones y me ponía los calcetines, me ha parecido que el sonido de la segadora de Ernesto demostraba que el mundo estaba en marcha, que todos seguíamos vivos, que es mejor tener un vecino pesado que no tener nada. El ruido a metralleta que emite el motor de Ernesto, el de su segadora, vaya, no se parece en nada al arrullo de un pájaro, pero yo he deseado que nunca se detuviera, que Ernesto segara el césped de su jardín hasta el fin de los tiempos, que siguiera arrullándonos durante día y noche con la mejor expresión de su carácter. Marcos y Belén han entrado corriendo en nuestra habitación diciendo que había llegado Ernesto y que si podían tirarle globos llenos de agua para recibirle. He estado a punto de sugerir que los llenaran de pintura, pero me he reprimido. Hemos bajado los tres y hemos llenado los globos de agua en la cocina. Luego hemos salido sigilosamente al jardín, donde el ruido de la segadora era ya tan estruendoso que en realidad no hacía falta sigilo ninguno. Nos hemos escondido detrás del seto que separa los dos jardines y después de contar hasta tres hemos lanzado los globos por encima de la valla (bueno, en realidad hemos sido sólo Marcos y yo los que hemos lanzado el globo, porque a Belén le ha dado tanta pena que el globo se rompiera que se ha quedado con él). La verdad es que Marcos y yo no hemos tenido muy buena puntería y el psiquiatra se ha librado de un buen jarro de agua fría como recibimiento, lo cual, después de todo, está bien que haya sido así. Hemos saltado la valla y hemos saludado a Ernesto, cuya risa a mandíbula batiente no había evolucionado en absoluto durante sus meses de ausencia. Se conoce que le hacía mucha gracia volver a vernos y por eso, sin dejar de reír, nos ha dado a cada uno un abrazo. Por lo demás, hemos intentado comentar algunas cosas, pero, sinceramente, el ruido de la segadora era tan atroz, que resultaba imposible oír una sola palabra. Ernesto se ha acercado a mi oído:

—¡Voy a apagarla! —me ha dicho.

He reaccionado a tiempo.

—¡No, por favor, Ernesto, déjala, ¿no ves que lo echábamos de menos?!

Ernesto ha vuelto a reír a mandíbula batiente. Luego me ha soplado de nuevo en el oído:

—¡Hemos decidido volver a intentarlo! —me ha dicho.

No sabía si se refería al césped o a qué.

—¡Nuria y yo! —me ha dicho entonces, y en esta ocasión no sólo me ha soplado en el oído, incluso me ha salpicado con su saliva.

Yo he asentido y he mirado hacia la casa de Ernesto y Nuria, mientras me quitaba con el dedo la saliva que me había caído en la oreja y que me producía escalofríos. Tenía la esperanza de encontrar a mi hermana en algún lugar y felicitarla por la noticia. Pero no estaba por allí. Probablemente Nuria había vuelto a sacar su cajón de tapones para los oídos y se había atrincherado con ellos. Más allá de estas pequeñas sivi... visi... vicisitudes, estaba claro que uno de los dos miembros de la pareja había renunciado a algo: o bien Ernesto a tener hijos, o bien Nuria a no tenerlos. De momento no lo sabíamos.

De repente ha caído algo del cielo y nos ha empapado a todos, tanto a mis hijos como a Ernesto y a mí. Era un globo, pero a juzgar por la cantidad de líquido que llevaba debía de ser gigante. El líquido era pintura, claro. Entonces sí, Ernesto ha apagado la segadora, por miedo a que se le estropeara con la pintura, y hemos podido oír la risa sarcástica de mi padre en algún rincón de su jardín.

—¡¡Eres un gracioso, papá!! —he gritado—. ¡Nos has chanmado enteros! ¡Atrévete a salir y chulamos con las mismas marras, joder!

Lo de joder lo he dicho por la parafasia, no porque estuviera tan enfadado con mi padre. Sinceramente, tener un ataque de parafasia delante de Ernesto era la última cosa que me apetecía, no en ese momento, sino en todo el resto de mi existencia. El psiquiatra, por supuesto, no ha perdido su oportunidad. Eso ya lo sabía yo.

—Rodrigo —ha dicho—, ya sabes que me tienes a tu disposición. En el momento en que quieras reiniciar el tratamiento sólo tienes que decírmelo.

Entonces, no sé por qué, pero me ha salido así, he soltado una carcajada tan descomunal, tan profunda y larga, que hasta en los últimos confines de nuestra urbanización, y de nuestra ciudad, y de nuestro país, ha sonado esa risa torrencial, como un eco producido por la tierra y arrastrado por el viento. Le he dado un par de palmadas al psiquiatra en la espalda y he regresado a mi casa, sin dejar de reír.

Eso es todo. Adiós, y gracias.

Psiquiatras, psicólogos y otros enfermos se terminó de imprimir en abril de 2006, en Mhegacrox, Sur 113-9, núm. 2149, col. Juventino Rosas. C.P. 08700, México, D.F.